KOPANO MATLWA • DU MUSST VERRÜCKT SEIN,
WENN DU TROTZDEM GLÜCKLICH BIST

KOPANO MATLWA

DU MUSST VERRÜCKT SEIN, WENN DU TROTZDEM GLÜCKLICH BIST

ROMAN

Aus dem Englischen
von Tanja Handels

btb

Für Laone
Für Palesa
Für Sindiswa
Für Shivani
Für Khetiwe
Für Karabo
Für Phindile
Für Nomsa
Für Oratilwe
Für Rudo
Für Lebohang
Für Mandisa
Für Dineo
Für Akohna
Für Lucy
Für Thabitha
Für Lerato
Für Katlego
Für Lulama

Für Yolandi
Für Funeka
Für Kudzai
Für Thandeka
Für Ilse
Für Boitumelo
Für Andile
Für Gugulethu
Für Marea
Für Nolitha
Für Lesedi
Für Tshepiso
Für Sibongile
Für Hope, die Hoffnung
Für Grace, die Gnade
Für dich
Für mich
Für unsere Töchter

Die einzigen Bücher, die es sich zu lesen lohnt,
sind Bücher, die mit Blut geschrieben wurden.

Frederick Buechner

TEIL 1

Was betrübst du dich, meine Seele,
und bist so unruhig in mir?

Psalm 43,5

Die Leute sagen immer, dass wir im Himmel die ganze Zeit glücklich sein werden. Wir werden nicht mehr weinen, keine Schmerzen mehr verspüren, wir werden keine Angst mehr haben, uns niemals mehr sorgen. Alles wird perfekt sein. Einmal habe ich im Bibelkreis angemerkt, dass ich mir das nur schwer vorstellen könne. Ich fand das ganze Konzept irgendwie anstrengend, wie eine nicht enden wollende Party. Ich machte mir Sorgen, dass ich im Himmel nicht zurechtkäme, dass ich zu diesen ganzen aufgekratzten Leuten gar nicht passen würde. Aber Father Joshuas Frau erklärte mir, ich solle einfach an das letzte Mal denken, als ich extrem glücklich und von Freude erfüllt war. So wie dieser Moment werde es auch im Himmel sein, nur dass er dann ewig dauere.

Ich versuchte, an meine Promotionsfeier zurückzudenken, die ein glücklicher Tag für mich gewesen war. Ein paar Stellen aus der Deklaration von Genf des Weltärztebundes fielen mir wieder ein.

…gelobe ich feierlich: Ich werde mein Leben in den Dienst der Menschlichkeit stellen… Die Gesundheit meiner Patientin oder meines Patienten wird mein oberstes Anliegen sein…

In den Wochen vor der Zeremonie hatte ich diese

Worte täglich geübt, und als wir dort alle in unseren Talaren standen und sie im Chor deklamierten, flossen sie mir wie die Klänge erhabener Musik von den Lippen.

Ich dachte daran, wie ich darauf gewartet hatte, dass mein Name aufgerufen wurde und ich auf die Bühne gehen und meine Urkunde entgegennehmen konnte. Es waren so viele von uns im Saal, und ich saß zwischen Leuten meines Jahrgangs, die ich kaum kannte – neben denen ich nur bei der Einschreibung, bei Prüfungen oder anderen Gelegenheiten, die eine Anordnung nach dem Alphabet erforderten, zu stehen kam. Die Reden nahmen kein Ende, ich konnte Ma nicht sehen, und so glitt mein Geist zu den Fantasien ab, die ich schon seit Wochen hegte, Fantasien von all den Dingen, die ich tun würde, sobald ich meinen Abschluss hatte...

Ich stellte mir vor, wie ich ein Kleiderkonto beantragte und die Frau hinter dem Schalter, die meine Daten in das System eingab, »Anrede?« fragte. »Doktor«, würde ich dann sagen. Anschließend würde ich ein Filmabo beantragen, und wieder würde ich gefragt werden: »Miss oder Mrs?«, und antworten würde ich: »Weder noch – Doktor.« Das Gleiche bei der Bank, wenn ich einen Flug buchte oder wenn ich zum Zahnarzt ging... Immer wieder und wieder und wieder. Ich würde es langsam sagen, es laut sagen, es in die Länge ziehen und es wiederholen, wenn ich das Gefühl bekäme, dass es jemand beim ersten Mal überhört hatte. Ich weiß noch, wie ich in mich hineinlachte, während ich dort zwischen L-ab und L-ij hockte. Ich konnte mich kaum an den Gedanken gewöhnen. Nur noch ein paar Minuten, dann war ich Doktor!

Gerüchte kursierten, dass hinten im Saal nach der Promotionsfeier schon die Autofirmen warten würden und die Makler, die uns Hypotheken ohne Darlehenssicherung anbieten wollten, weil allein unser Titel Sicherheit genug für sie wäre. Irgendwer meinte, es würden auch Finanzberater da sein und Platinkreditkarten verteilen, auf denen unsere Namen schon vorgeprägt seien. Ich wusste, das war alles Blödsinn. Trotzdem schaute ich mich immer wieder um, nur für den Fall.

Und da war ein Weib, das hatte den Blutgang zwölf Jahre gehabt und viel erlitten von vielen Ärzten und hatte all ihr Gut darob verzehrt, und half ihr nichts, sondern vielmehr ward es ärger mit ihr. Da die von Jesu hörte, kam sie im Volk von hintenzu und rührte sein Kleid an. Denn sie sprach: »*Wenn ich nur sein Kleid möchte anrühren, so würde ich gesund.*« *Und alsbald vertrocknete der Brunnen ihres Bluts; und sie fühlte es am Leibe, dass sie von ihrer Plage war gesund geworden. Und Jesus fühlte alsbald an sich selbst die Kraft, die von ihm ausgegangen war, und wandte sich um zum Volk und sprach:* »*Wer hat meine Kleider angerührt?*« *Und die Jünger sprachen zu ihm:* »*Du siehst, dass dich das Volk drängt, und sprichst: Wer hat mich angerührt?*« *Und er sah sich um nach der, die das getan hatte. Das Weib aber fürchtete sich und zitterte (denn sie wusste, was an ihr geschehen war), kam und fiel vor ihm nieder und sagte die ganze Wahrheit. Er sprach aber zu ihr:* »*Meine Tochter, dein Glaube hat dich gesund gemacht; gehe hin mit Frieden und sei gesund von deiner Plage!*«

Markus 5, 25–34

Als ich anfing zu bluten, da dachte ich, Ma würde mich umbringen. Ich war kein artiges Kind gewesen, hatte meine Hände überall, wo ich nicht sollte, befingerte Stellen an meinem Körper, die ich gar nicht anfassen durfte. Deswegen heulte ich auch nicht los, wie andere kleine Mädchen es wohl getan hätten, als ich während der Rand Easter Show einen zähen bräunlichen Matsch in meiner Tinkerbell-Unterhose entdeckte. Nein, ich wusste sofort, dass es Gottes Strafe für mich war, und ließ das Beweisstück verschwinden. Tagelang versteckte ich es. Ich sammelte packenweise Toilettenpapier und wickelte es fest um den Schritt meiner Woolworth-Schlüpfer. Das war unbequem und kratzig, aber nichts gegen die Unannehmlichkeiten, die mir bevorstehen würden, wenn ich Ma beichtete, dass ich gesündigt hatte und deswegen jetzt blutete. Das würde garantiert mein Ende sein. Und als ich mich dann eines Sonntagmorgens vor unserem Aufbruch in die Kirche auf die Zehenspitzen stellte, mich weit, weit hochreckte, um das Garagentor zuzuziehen, und dabei unter meinem Schottenkarokleid ein dunkles Geheimnis enthüllte, das bis dahin zwischen meinen Beinen verborgen geblieben war, worauf Ma mich, als ich wieder ins Auto stieg, fragte, was das denn für Flecken auf meiner Glitzerstrumpfhose seien, da war ich mir ganz sicher, dass der Anfang meines Endes gekommen war.

Und in mancher Hinsicht stimmte das auch, denn wie in eilfertiger Reaktion auf Mas Frage öffnete sich in mir ein Schleusentor, und das Blut strömte zwischen meinen Schenkeln hervor, die Beine hinunter bis auf meine Gummisandalen, und hörte wochenlang nicht mehr auf, ließ nur manchmal ein paar Tage leicht nach, um sich dann sogar noch heftiger zu ergießen, vorbei an allen Pfropfen, die ihm den Weg versperrten.

Später erfuhr ich in der Sonntagsschule, dass es keineswegs eine göttliche Strafe war, wenn einem periodisch literweise Sekret aus der Scheide floss, sondern vielmehr eine physiologische Notwendigkeit und ein gesunder Teil des Lebens einer Frau, den man nicht nur begrüßen, sondern feiern musste.

Trotzdem betete ich weiter unerbittlich dafür, jener Gott, der das Rote Meer geteilt und es für Sein geliebtes Volk hatte austrocknen lassen, möge auch mir eine Trockenzeit in der Unterhose bescheren.

· · ·

Ich weiß noch, wie ich Ma erklärte, ich wolle mir das Ding rausnehmen lassen, es einfach wegschneiden und dann in der großen Kammer im Krankenhaus hinter dem Hügel verbrennen.

Sie meinte, ich sei verrückt.

»Dieses Ding ist verrückt!«, brüllte ich.

»Es ist nicht verrückt, Masechaba, nur nicht ganz auf dem Damm.«

»Und ich bin seinetwegen nicht auf dem Damm, Ma.«

Ma meinte, ich redete Blödsinn, das seien nun mal Dinge, die man als Frau ertragen müsse, und wenn ich es herausnehmen ließe, würde ich das eines Tages bereuen, weil ich dann kein neues Leben mehr zur Welt bringen könne.

Leben?

Was kümmerte es mich, ob ich neues Leben zur Welt bringen konnte, wo ich doch selbst kein Leben hatte? Wo ich ständig dieser Bestie in meinem Becken ausgeliefert blieb, die sich in jedem beliebigen Moment den Schädel einschlagen und dessen Inhalt wütend auf den Boden ergießen konnte, ganz grundlos, wann immer es ihr gerade passte?

Was für ein Leben hatte *ich* denn? Kümmerte das Ma etwa gar nicht?

Nein, anscheinend nicht.

· · ·

Ich wurde zur Einzelgängerin. Nicht, weil ich unbedingt allein sein wollte, sondern weil es so für alle einfacher war. Tshiamo war mein einziger Freund. Ihn schienen die Flecken nicht so sehr zu stören wie die meisten anderen. So wie das eine Mal, als Papa ihm ein Auto gekauft hatte und er mich zu einer Spritztour einlud. Ich war so froh, Tshiamo froh zu sehen, dass ich gar nicht daran dachte, ins Haus zu laufen, meinen Tampon zu wechseln und eine zweite Schicht Binden einzulegen. Erst als wir auf der Schnellstraße waren, so blöd von uns, um halb fünf am Nachmittag auf die Schnellstraße zu fahren, und ich den Verkehr sah, dachte ich: Mist. Ich versuchte, nicht darüber nachzudenken, selbst, als ich es klebrig zwischen den Beinen spürte und wusste, dass der Tampon vollgesogen und die Binde durchgeweicht war und der einzige Weg hinaus durch meine Jeans und direkt auf Tshiamos nagelneuen Autositz führen würde. Mit aller Kraft versuchte ich, mich auf die Tracy-Chapman-Songs zu konzentrieren, die Tshiamo mitsang. Als wir endlich wieder zu Hause waren, tat er, als fiele ihm gar nichts auf, aber ich wusste, dass er es gemerkt hatte, denn später sah ich ihn von meinem Zimmerfenster aus mit einem Eimer Seifenlauge und einem Schwamm in der Hand.

. . .

In der Schule saß ich immer in der letzten Reihe und sorgte dafür, dass niemand mehr hinter mir war, damit ich es zumindest nicht als Allerletzte mitbekam, wenn ich mein Schulkleid vollschmierte.

Ich war klug und wissbegierig im Unterricht und

hatte eigentlich kein Interesse daran, mich mit den Störenfrieden abzugeben, die die hinteren Plätze für sich beanspruchten. Aber ich wusste auch, dass ich mich mindestens so krass aufführen musste wie die Besten unter ihnen, wenn ich meinen Platz in größtmöglicher Entfernung von den misstrauischen Blicken der besonders grausamen Mädchen verteidigen wollte.

· · ·

Mit der Zeit eignet man sich Tricks an. Dunkle Klamotten, Skiunterwäsche unter dem Schulkleid, eine dicke, billige No-Name-Binde unter der Always Ultra, die den unvermeidlichen Überschuss auffängt. Immer einen Tampon im BH, damit man sich, wenn man im Gedränge schnell aufs Klo muss, nicht erst lange bücken und in der Schultasche wühlen muss. Ballett? Kannst du vergessen. Synchronschwimmen? Geht gar nicht! Gymnastik? Für kein Geld der Welt. Korbball? Riskant. Laufen? Manchmal.

Keine Partys. Nie bei Freundinnen übernachten. Ma wollte sich die Demütigung ersparen, von anderen Eltern angerufen zu werden und mitgeteilt zu bekommen, ihre Tochter habe die halbe Matratze vollgeblutet. Sie tat immer, als machte es ihr nichts aus, aber ich wusste, dass das aggressive Verhalten des jugendlichen Uterus ihrer Tochter sie genauso verblüffte und peinlich berührte wie jeden anderen auch.

Manchmal sagte sie etwas Richtung: »Du isst einfach zu viel Käse! Darum blutest du so sehr!« Oder auch: »Diese Tampons, die du immer verwendest, sind doch unnatürlich. Da kann der Dreck gar nicht ungehindert abfließen.«

Es machte mich wütend, wenn sie so etwas sagte, denn sie wusste so gut wie ich, dass diese alten Ammenmärchen Blödsinn waren. Keine noch so große Menge Käse konnte meine dysfunktionelle uterine Blutung erklären, auch nicht den Schwindel, der damit einherging, die Ohnmachtsanfälle und den galoppierenden Herzschlag, der kaum noch etwas zum Galoppieren fand. Sie wusste, wäre es einfach nur darum gegangen, den sogenannten Dreck ungehindert abfließen zu lassen, dann wäre ich ganz ohne Binde und Toilettenpapier herumspaziert, sogar ohne Tanga oder High-Cuts, einfach nur nackt vor aller Augen, solange es bloß den Wahnsinn stoppte, der da aus mir kam.

· · ·

Ich war ständig benommen, fiel ständig in Ohnmacht, mein Herz raste ständig auf Hochtouren in meiner Brust. Ich ging im Krankenhaus ein und aus, Transfusionen über Transfusionen, Pillen über Pillen, Pflaster über Pflaster, Spritzen über Spritzen.

· · ·

Schließlich ließ das Bluten nach, versiegte sogar fast völlig, bis auf leichte Schmierblutungen im ein oder anderen Monat. Ich kann mich weder daran erinnern, wie es dazu kam, noch daran, wann genau das war. Möglich, dass die Endometriumablation schließlich doch geholfen hat. Ich war noch zu jung, um es ganz zu begreifen, aber ich erinnere mich, wie Ma Tante Petunia erzählte, die Ärzte hätten gesagt, jenseits einer Hysterektomie bestehe nur eine gewisse Chance, wenn man die Gebärmutterschleimhaut wegbrenne.

»Sollen sie sie wegbrennen, Ma!«, rief ich, das weiß ich noch.

Sie schrie mich an, ich solle gefälligst still sein. Aber ich glaube, nachdem ich bei Dineos traditioneller Hochzeitsfeier ohnmächtig in Rakgadi Tebogos Swimmingpool gefallen war, interessierte selbst Ma sich nicht mehr so sehr für das Leben, das ich möglicherweise nicht mehr zur Welt bringen konnte, und machte sich mehr Sorgen um das Leben, das sie selbst in die Welt gesetzt hatte.

. . .

Aber ich hatte kein Vertrauen und schleppte weiterhin auf Schritt und Tritt Binden, Tampons, Toilettenpapier, Feuchttücher und schwarze Unterhosen mit mir herum. Als die Clutch in Mode kam, sah ich neidisch zu, wie die hübschen Mädchen mit nichts als ein paar Geldscheinen und einem Lipgloss in ihren glitzernden Handtäschchen durch die Mall liefen. Trotzdem war ich nicht so dumm, meine Deckung aufzugeben. Die Bestie schlief nur und konnte jeden Moment aufwachen.

Und als ich dann am Berufsorientierungstag (durch den winzigen Schlitz zwischen der viel zu großen OP-Haube, dem Mundschutz und der Brille, zu denen man mich verdonnert hatte) zusah, wie sich ein Neurochirurg auf den Operationstisch legte und sich von einem Kollegen den eingeklemmten Nerv am Rücken befreien ließ, der ihn schon den ganzen Vormittag quälte, da wusste ich sofort, dass es eine Botschaft Gottes war und ich es genau auf diese Weise schaffen würde, mir das abscheuliche Organ endlich rausschneiden zu lassen und es ein für alle Mal zu vernichten.

Als Ma mich am Abend fragte, wie der Tag denn gewesen sei, antwortete ich, er sei schlichtweg fantastisch gewesen und ich mir hundertzwanzigprozentig sicher, dass ich Ärztin werden wolle. Als sie mich das sagen hörte, lächelte sie. Das sei ein guter Beruf, meinte sie, und sie sei überzeugt, ich würde eine hervorragende Ärztin abgeben und sicher einmal vielen Menschen helfen.

An die Menschen hatte ich noch gar nicht gedacht, bis sie sie erwähnte. Einstweilen fand ich es allerdings nicht ratsam, ihr zu erzählen, dass ich nur

Ärztin werden wollte, um im Medizinstudium eine Freundin zu finden, die sich dann später bereiterklären würde, die von allen bisher konsultierten Ärzten verweigerte Hysterektomie an mir vorzunehmen.

Aber das ist alles sehr lange her, und als ich meinen Doktortitel schließlich hatte, waren solche kindischen Überlegungen weitgehend vergessen.

Aber ich schreie zu dir, HERR, und mein Gebet kommt frühe vor dich. Warum verstößest du, HERR, meine Seele und verbirgst dein Antlitz vor mir? Ich bin elend und ohnmächtig, dass ich so verstoßen bin; ich leide deine Schrecken, dass ich fast verzage. Dein Grimm geht über mich; dein Schrecken drückt mich. Sie umgeben mich täglich wie Wasser und umringen mich miteinander. Du machst, dass meine Freunde und Nächsten und meine Verwandten sich ferne von mir halten um solches Elends willen.

Psalm 88, 14–18

Father Joshua fackelte nicht lange. Keine Wochen, nachdem mir der Health Professionals Council of South Africa meine Approbation ausgehändigt hatte, bat er mich schon, dem Nachwuchs etwas über meine berufliche Karriere zu erzählen. Er meinte, diese jungen Menschen müssten ermuntert werden. Unser Volk, klagte er, wisse Bildung nicht mehr zu schätzen, und vielleicht würde es sie ja inspirieren, wenn sie jemand so Erfolgreiches wie mich sähen.

Ich sagte ihm, das würde mich sehr freuen. Aber das war natürlich gelogen. Ich fand es schrecklich, in der Öffentlichkeit zu reden, und eigentlich hatte ich auch gar nicht viel zu sagen. Ich sah das so: Wenn man klug ist, wird man Ärztin. Staatliche Zuwendungen laufen aus, manchmal werden sie auch gar nicht erst bezahlt, und manchmal kommt man ins Gefängnis. Aber ein Studium bleibt einem ein Leben lang.

Tshiamo malte Schmerz, aber er bekam zu viele tiefsinnige Gedanken davon, und dann hat er sich an einem Baum erhängt. Papa bekam staatliche Zuwendungen, aber dann wurde das Kabinett umsortiert, und er kannte dort niemanden mehr. Es waren Unregelmäßigkeiten aufgetreten, die ein Opferlamm erforderten, und so kam er in die Zeitung, und jetzt ist er bei Gogo, in ihrem Hinterzimmer, und trinkt sich durch die Tage, die ihm noch bleiben. Was mich angeht, so hatte sich Ma eine Verwaltungsstelle bei der Regierung gesucht. Sie arbeitete für das Gesundheitsministerium und konnte mir ein Stipendium besorgen, das hat alles erleichtert. Ich hatte sowieso nicht gerade Millionen von Wahlmöglichkeiten. Die Seriti University war bei uns ganz in der Nähe, und im Botshelo-Krankenhaus wurden immer Assistenzärzte gebraucht.

Aber ich konnte Father Joshuas Anfrage nicht ablehnen. Ich wollte nicht wirken, als wäre ich mir zu gut, den Jugendlichen ein bisschen Zeit zu widmen. Also schrieb ich die Geschichten auf, von denen ich wusste, dass sie sie hören wollten, und mailte sie Tshiamo, damit er etwas dazu sagte.

Natürlich erwartete ich keine Antwort. Ich bin ja nicht verrückt. Ich habe auch nie etwas verdrängt. Aber Menschen trauern eben unterschiedlich, und es war mein gutes Recht, so zu trauern, wie ich das für richtig hielt. Die Leute bei Gmail schienen sich jedenfalls nicht daran zu stören. Sie stellten meine Mails einfach weiter an Tshiamo zu, so, wie sie das immer getan hatten. Anders als Ma oder Malome Softly oder Gogo und all die anderen, die sich bestimmt schrecklich daran gestört hätten und alle überhaupt nicht mehr so waren wie immer.

Natürlich wusste ich, dass Tshiamo tot war. Es mangelte ja nicht gerade an Gedächtnisstützen. Aber was heißt schon wissen? Seit ich denken kann, weiß ich, dass ich eines Tages sterben werde, aber wache ich deshalb vielleicht jeden Tag auf und zerbreche mir den Kopf darüber? Natürlich nicht. Das wäre ja Wahnsinn. Ich weiß, dass Tshiamo tot ist, vielen Dank auch. Vielen Dank für die Befürchtung, ich könnte mir über das Schlimmste, was mir jemals im Leben passiert ist, nicht im Klaren sein. Vielen Dank, ihr seid wirklich alle ganz schrecklich nett. Aber darf ich das vielleicht auch mal einen Moment lang vergessen? Wäre euch das zuzumuten? So wie ich auch hin und wieder mal vergessen möchte, dass die Welt schlecht und unsere Regierung korrupt ist und der Westen ständig unseren Untergang plant? Darf ich dem Mann, der immer vor dem Checkers sitzt, bitte weiterhin 20-Rand-Scheine geben und weiter für die Heimatlosen und die Geknechteten beten? Und falls es euch nicht allzu viel ausmacht, darf ich dann vielleicht auch weiter E-Mails an meinen toten Bruder schreiben, der mein einziger Freund war, der einzige Mensch, der sich freute, mich zu sehen, der sich freute, mir seine Zeit und seine Aufmerksamkeit und seinen Witz zu schenken? Darf ich bitte so tun, als würde er abends um sechs von seinem Kunst-workshop nach Hause kommen, mit einem Lächeln und der leeren Lunchbox in der Hand? Wäre das in Ordnung, Welt? Darf ich weiter friedlich Smileys und Fotos an meinen toten Bruder schicken, der mir mehr fehlt als sonst etwas im ganzen Universum, dessen Tod ein so großes Loch in mich gerissen hat, dass ich schon dachte, ich würde ausrutschen und hineinfallen?

Nein, für die Welt ist das kein bisschen in Ordnung. Die Welt stresst das mehr als alles andere. Also habe ich damit aufgehört. Denn lange, nachdem Malome Softly in Tshiamos Grab gestiegen ist und sich Erde auf den Kopf gestreut hat, lange, nachdem Tante Petunia mich am Arm gepackt und mich gezwungen hat, ihm im Sarg ins Gesicht zu sehen, gegen meinen Willen, als wäre ich ein Kind, als hätte sie in unserem Leben irgendwas zu sagen, zu einer Zeit, als die Leute uns schon längst nicht mehr besuchen kamen, unseren Tee austranken und die letzte Packung Scones leerfutterten, als unsere Nachbarn längst vergessen hatten, dass wir in Trauer waren und sie nett zu uns sein mussten, da hat Malome Softlys Freundin, die ich auch für meine Freundin hielt, zufällig meinen *Gesendet*-Ordner gesehen, während ich auf dem Handy scrollte, und anschließend hat sie Ma erzählt, ich würde mit meinem toten Bruder kommunizieren und sie hätte Angst, dass ich Hexerei betreibe.

Da blieb mir nichts anderes übrig, als Tshiamo keine E-Mails mehr zu schicken und stattdessen alles in dieses blöde Tagebuch zu schreiben, das keiner liest bis auf Gott. Falls Er gerade mal ein bisschen Zeit hat.

Mich jammert herzlich, dass mein Volk so verderbt ist; ich gräme mich und gehabe mich übel. Ist denn keine Salbe in Gilead, oder ist kein Arzt da? Warum ist denn die Tochter meines Volks nicht geheilt?

Jeremia 8, 21–22

Früher haben Tshiamo und ich immer »Krankenhaus« gespielt. Er fand das Spiel blöd, wusste aber, wie viel Spaß ich daran hatte, also machte er mit. Allerdings nicht immer, nicht an seinen trüben Tagen. Er war ja schließlich kein Heiliger. Manchmal musste ich stundenlang betteln und ihm versprechen, ihn für den Rest des Tages in Ruhe zu lassen, wenn er nur ein ganz kleines bisschen mit mir spielte. Ich meinte auch wirklich nur ein ganz kleines bisschen. Es war ja schon alles vorbereitet, die Patienten lagen auf dem OP-Tisch, meine Hände und Arme waren desinfiziert, die Narkosemittel angeschlossen und etikettiert, die Instrumente lagen bereit. Ich brauchte nur noch einen OP-Pfleger, der mir assistierte.

Tshiamo warf mir immer angewiderte Blicke zu, wenn er in mein Zimmer kam, wo lauter Teddybären mit aufgeschlitzten Kehlen herumlagen, aus denen die gelbe Schaumstofffüllung quoll. Ich lächelte und sagte, er brauche keine Angst zu haben, ich würde sie alle retten. Und das tat ich auch. Ich rettete sie jedes Mal.

. . .

Von Zellen hörte ich das erste Mal in Biologie, in der zehnten Klasse, das weiß ich noch. Mrs McCartney beschrieb sie uns als winzige Fabriken in unserem Körper – oder nein, als Städte mit unzähligen Fabriken darin. Sie meinte, es gebe Milliarden davon, alle ganz eng zusammengepackt. Ich versuchte, sie mir vorzustellen, mir diese ganze Aktivität in mir auszumalen. Ich weiß noch, dass mir klar wurde, wie viel ich noch zu lernen hatte, und dass ich mich fragte, ob ich die Funktionsweisen des menschlichen Körpers überhaupt jemals ganz begreifen würde.

Ma meinte, ich machte mir zu viele Sorgen. Sie erinnerte mich daran, dass ich in der ersten Klasse befürchtet hätte, ich würde niemals lesen lernen. Als sie das sagte, musste ich lachen. Trotzdem staune ich immer noch, wie wir dazu kommen, uns erst Äpfel und Kätzchen auf großen bunten Bildern anzuschauen, danach die Bezeichnungen für die Blutgefäße des Herzens auswendig zu lernen und schließlich einen Zentralvenenkatheter durch den Hals einer Patientin einzuführen. Wahrscheinlich macht uns diese Fähigkeit, die wir alle haben – erst die Straßenschilder und Kreisverkehre in einem Lehrbuch für Führerscheinanwärter zu studieren und dann auf der Schnellstraße Lastwagen zu überholen –, auch ein bisschen leichtsinnig, wenn es um die Einschätzung geht, was wir sonst noch alles erreichen können.

Inzwischen ist mir klar, dass bei mir auch eine Menge Glück im Spiel war, um mich an diesen Punkt zu bringen, vielleicht auch eine Menge unsichtbarer Bemühungen meiner Umgebung. Die Bücher zur Prüfungsvorbereitung zum Beispiel, die sich nach und nach in meinem Zimmer stapelten, und der Förderunterricht, den Ma mir von Papa bezahlen ließ. Aber als ich die grünen Erbsen aus dem Hals von Bett A3 kommen sah, da wusste ich gleich, dass meine Glückssträhne zu Ende war.

Dr. Voel-Vfamba meinte, nur so würden wir lernen, und sie wäre ohnehin gestorben, ich solle mir keinen Kopf deswegen machen.

· · ·

Patienten sterben ständig. Kein Mensch erwartet von uns, dass wir immer alle retten. Wir tun, was wir können. Und was will man auch erwarten, bei unserem maroden Gesundheitssystem, dem Personalmangel, den gesellschaftlichen Herausforderungen? Wir tun, was wir können. Dieses Mantra singe ich mir immer wieder vor, Tag für Tag, Nacht für Nacht. Ich singe es anderen vor und sie es mir.

»Wir tun, was wir können.«

»Wir tun, was wir können.«

Sie kommen ohnehin erst so spät ins Krankenhaus, was soll man da noch machen? Unverantwortlich sind sie, viele zumindest. Eigentlich wissen sie es doch besser, aber unser Volk weigert sich eben, Verantwortung für die eigene Gesundheit zu übernehmen. Und dann war es wieder die Regierung, der Bezirk, der Minister, der Präsident.

»Wir tun, was wir können.«

»Wir tun, was wir können.«

Immer wieder und wieder singe ich die Worte, repetiere die Rede, manchmal still, manchmal wütend. Aber wenn die (verantwortungslose?) Mutter des (jetzt toten) Babys den Gang entlangrennt, verfolgt vom Wachpersonal, während Schwester Agnes schon die Valiumspritze aufzieht und die anderen Patienten mit offenem Mund vom Bett aus zusehen, und man hat Dienst, es ist die eigene Schicht, die eigene Patientin, der eigene Vorfall, ein weiterer Todesfall unter der eigenen Aufsicht, dann nützt dieses Mantra gar nichts. Der Gini-Koeffizient, die schrumpfende Wirtschaft, das Erbe der Apartheid, die nicht erreichten Millenniumentwicklungsziele und die Einschränkungen auf personeller Ebene – lauter treulose Freunde, die einen im Stich und mit dem eigenen Gewissen allein lassen. Seine Patienten tötet man allein. Man tötet sie ganz allein.

. . .

Manchmal dreht man noch mal um, wenn man schon im Auto sitzt, ruft noch einmal im Referenzkrankenhaus an. Vielleicht kann man für Bett A3 ja doch noch einen Platz auf der Intensivstation organisieren, wenn man noch einmal anruft. Manchmal hat man auf dem Heimweg noch die Blutspendenbeutel in der Tasche, die man unterwegs in der Notaufnahme abgeben wollte. Manchmal lässt man sich von jemandem nach Hause fahren, weil man nicht mehr daran denkt, dass man morgens selbst mit dem Auto gekommen ist.

. . .

In den Nächten lernt man viel: Wenn man beim Pinkeln heult und den Kopf dabei zwischen die Knie hängen lässt, dann sammeln sich die Tränen in den Wimpern, so dass man auf dem Weg zurück zur Station keine Schlieren im Gesicht, sondern Sterne vor den Augen hat.

. . .

Es gibt auch viel Gutes. Die Anerkennung zum Beispiel. Die ist immer gut. Und dann die Momente, wenn die Leute einem irgendwas Medizinisches erklären wollen, im Zentrum für Reisemedizin zum Beispiel, und dann vor Verlegenheit ganz rot werden, wenn sie nach der Karteikarte mit den Patienteninformationen greifen und den Doktortitel neben dem Namen sehen. Das ist alles gut. Briefe sind jedes Mal schön. Auch die E-Mail-Signatur ist schön, das alles ist gut. Aber vieles ist auch schlimm. Zum Beispiel, wenn sich die Zunge im Mund verdreht und der Kopf sich immer weiter biegt und biegt und biegt, bis man brüllen will, sich aber bei jedem Versuch alles nur noch mehr verkrampft. Das ist beschissen. Und dass man jeden Tag wieder hinmuss. Das ist echt richtig beschissen.

Ich erzähle Ma von den vielen entsetzlichen Dingen, die unser Volk Tag für Tag durchstehen muss und von denen kein Mensch berichtet. Ich sage ihr, jemand müsste sie auflisten, all die schlimmen Dinge, die ihnen, mir, uns geschehen. Jemand müsste sie aufschreiben.

Ma meint, ich müsse die Patienten in der Klinik lassen. Ich müsse herausfinden, wo sie der Schuh drückt, dürfe ihn mir dann aber nicht selbst anziehen. Also lasse ich sie dort, zwischen den besudelten Laken und dem Sandwich, das für den Moment bereitliegt, wenn doch einmal der Appetit zurückkehrt, zwischen den kotverklebten Toiletten und dem Seifenspender, der nur ein einziges Mal funktioniert hat, an dem Tag, als der Minister zu Besuch kam. Aber ich kann nicht herausfinden, wo die Patienten der Schuh drückt. Sie haben keine Schuhe, Ma. Wie soll ich herausfinden, wo der Schuh sie wirklich drückt, wenn sie gar keine Schuhe haben?

· · ·

Die Leute aus dem Bibelkreis raten mir, für die Patienten zu Jesus zu beten. Sie fragen mich nach den Namen. Die wollen sie dann an die ganze Kirchengemeinde mailen, damit die Gläubigen für sie beten können. Sie fragen und fragen und fragen. »Wie heißen sie?«, wollen sie wissen. »Wir beten für sie zu Jesus.« Namen? Wie blöd sind die Leute eigentlich? Wie soll ich mir denn bitte schön die Namen von mehreren Hundert Menschen merken, die auf eine für ein paar Dutzend Patienten konzipierte Station gepfercht sind? Wie soll ich bitte schön in diesem Meer aus sterbenden Armen und zerschundenen, an zerschundene Betten gefesselten Körpern noch Individuen ausmachen?

Und außerdem würde Jesus das doch gar nicht verstehen. Jesus hat nie bei irgendwas versagt. Er hat nie etwas falsch gemacht. Das ist der grundlegende Unterschied. Wir werden uns immer von Gottes Sohn unterscheiden, weil wir mit dem Versagen leben müssen. Weil wir mit der Schande leben müssen, nicht besser, nicht mutig, nicht großartig zu sein.

. . .

Vor alldem hat uns Professor Siyatula mit keinem Wort gewarnt. Mit keinem Wort hat er, der einzige Schwarze Facharzt in einer *weißen* Institution, uns bei diesen eindrucksvollen Visiten, als wir hinter ihm herliefen, an seinen Lippen hingen und seinen Kittelsaum umklammert hielten, vor dem Leid, der Hilflosigkeit, der Angst, dem Abscheu gewarnt, die uns erwarteten. Es gab keinen Hinweis, keine Anspielung darauf, wie schlimm es tatsächlich sein würde. Wir waren schließlich Ärzte, *mos*. Gut bezahlt, gut betucht. Was sollte es geben, womit wir nicht zurechtkämen?

· · ·

Helden gibt es. Die mit dem federnden Schritt, die merkwürdigen, die anscheinend keinen Schlaf brauchen, die ganze Zeit mit einem nervigen Grinsen im Gesicht herumlaufen. Aber die sind in der Minderheit. Die meisten sind kaputte, erschöpfte Menschen mit Hypotheken und Studiendarlehen, die abbezahlt werden wollen, und darum machen sie weiter, tun, was sie können. Ich rede mir gern ein, dass ich irgendwo dazwischen stehe, aber wahrscheinlich bin ich doch eher kaputt als heldenhaft.

· · ·

In meiner besten Verfassung könnte ich sogar richtig großartig sein. So großartig wie Charlotte Maxeke, Hamilton Naki, William Anderson Soga. Aber ich bin nicht in meiner besten Verfassung. Ich bin müde. Ich habe eine Station voller Patienten und kein Medikament gegen Übelkeit, das ich schlucken könnte, ohne extrapyramidale Nebenwirkungen zu entwickeln, darum muss ich während der sechswöchigen Behandlung nach der Nadelstichverletzung Kaugummi kauen und mich ansonsten zusammenreißen. Mein letzter sauberer Kittel ist voller Urin, weil Dr. Voel-Vfamba wollte, dass ich einen Urinkatheterbeutel leere, aber das Ventil hat geklemmt und mich und meine Notizen in Körperflüssigkeit getränkt. Ich kann gar nicht großartig sein, selbst wenn ich wollte.

· · ·

»Zusehen, machen, weitergeben.« Wie viele Menschen haben wir wohl schon monatlich, wöchentlich, täglich umgebracht, alles im Namen der Ausbildung? »Zusehen, machen, weitergeben.«

Ich kann gar nicht sagen, wie oft ich diesen Spruch schon gehört habe und wie ich ihn verabscheue. Die Sorte junge Assistenzärztin war ich nämlich nie. Ich musste tausendmal zusehen, bevor ich es einmal machen konnte, und selbst dann war die Wahrscheinlichkeit hoch, dass ich dieses eine Mal vermurkste und das nächste und das übernächste Mal gleich mit, bis man mir alles wieder von vorn erklären musste. Aber bin ich eine schlechte Ärztin, nur weil ich kein Cowboy bin? Weil ich nicht auf Station antanze, mir ein Paar sterile Handschuhe schnappe, die Verpackung mit den Zähnen aufreiße und Mrs Mazibuko einen Zentralkatheter am Hals lege? Sie ist nämlich gestorben. Ich konnte tagelang nicht schlafen. Ich weiß noch, wie ich mit Dr. Voel-Vfamba auf dem Hocker stand, er hat versucht, sie ruhig zu halten, während ich ihr die lange Nadel in den Hals schob. Vielleicht ist sie ja nicht daran gestorben. Die Erbsen, die dann kamen, waren völlig unerklärlich. Vielleicht war es gar nicht unsere Schuld. Der Zentralvenenkatheter war sowieso der allerletzte Notnagel. Sie war längst jenseits. Aber irgendwie weiß ich, dass wir ihr den entscheidenden Schubs gegeben haben.

Mörder, das sind wir alle. Mörder.

Darum schluckte ich auch so viele Xanax. Man muss sich betäuben. Wie soll man das alles sonst überleben? Sie sah genauso aus wie Rakgadi Juice. Schlimmer noch, sie hat mir vertraut. Ich habe ihr zugeredet, die Einverständniserklärung zu unterschreiben. Für Dr. Voel-Vfamba war sie nur Bett A3, die Herzinsuffizienz in Bett A3. Meine Aufgabe war es, sie vor ihm zu beschützen, vor allen, den ganzen Geiern, den Studierenden aus dem dritten Studienjahr mit ihren Dienstbüchern, die sie unbedingt abgezeichnet, um jeden Preis abgezeichnet haben wollen. Ich hätte sie auch vor den Assistenzärzten und -ärztinnen beschützen müssen, die vor allem eine leere Station wollen, damit sie in Ruhe fürs Examen lernen können, vor den Fachärzten und -ärztinnen, die an ihrem nächsten Artikel sitzen. »*Seltener Fall von drogeninduzierter Kardiomyopathie bei älterer Schwarzer Frau*«. Aber ich habe sie nicht gerettet. Stattdessen habe ich Beihilfe geleistet, die Tat begünstigt, die Frau rumgekriegt – und sie dann ausgeliefert. Und jetzt ist sie tot.

. . .

Ich will weinen, aber das braucht zu viel Zeit, zu viel Energie. Ich will weglaufen, fliehen, aber wohin? Eine Flucht muss man planen, durchdenken, organisieren. Ich fühle mich, als würde ich in mir ertrinken. Geht das? Kann man in dem Blut ertrinken, das einem durch die Adern fließt? Ich fühle mich, als würde die Luft meiner Lunge mich ersticken. Als wäre noch ein kleines Ich in dem großen, das absackt, strampelt. Irgendwo tief in mir drin will etwas gerettet werden. Da ist etwas in Not. Es schreit, es keucht, es stirbt.

. . .

Schwester Agnes war stinksauer auf uns. Sie fand den Eingriff unnötig und hatte mehrmals gesagt, Mrs Mazibuko solle entlassen werden und ihre letzten Lebenstage zu Hause mit ihrer Familie verbringen dürfen. Aber die Fachärzte bestanden darauf. Was blieb uns da noch übrig? Später hörte ich Schwester Agnes zu einer der anderen Oberschwestern sagen, in solchen Situationen wolle sie sich am liebsten ihre Rente auszahlen lassen und einfach nur noch zuschauen, wie ihre Enkel zu ihren Füßen spielten.

»Das sind Kinder. Sie denken wie Kinder, und sie benehmen sich auch wie Kinder. Mit Büchern kennen sie sich aus, aber das ist auch alles. Bestimmt haben einige von denen noch nicht mal ihre Tage.«

. . .

Aus meiner Sicht ist die Herde schuld. Nicht ich. Die Herde war schon räudig, bevor ich dazu kam. Ich bin ein gesundes Schaf, wirklich. Die Herde hat mich räudig gemacht, räudig durch und durch.

. . .

Wer hat eigentlich behauptet, wir müssten Freude daran haben, die Kranken zu versorgen? Sicher, man muss es tun, es ist moralisch richtig, es zu tun, aber ist man auch verpflichtet, Freude daran zu haben? Wäre man automatisch ein schlechter Mensch, nur weil man sagt, dass man es abscheulich findet? Dass man es die ganze Zeit verabscheut? Dass man es tut, aber nur unter Protest?

. . .

Manchmal möchte ich irgendwas empfinden. Ich führe eine Reanimation durch und weiß, ich sollte etwas dabei empfinden, aber ich weiß nicht mehr, wie das geht. Etwas in mir ist blockiert, steckt fest. Auf meiner Brust liegt ein Gewicht, ich will es wegatmen, aber das kann ich nicht. Deswegen bin ich auch erleichtert, wenn die Patienten sterben. Ich rede mir ein, Sterben wäre besser für sie. Sie leiden, sie haben Schmerzen. Ich will es rechtfertigen. Ich bin müde, o Herr. Ich bin müde davon, sie jeden Tag zu sehen, müde davon, ihre Gesichter zu sehen. Ich bin müde davon, ständig zu merken, wie wenig ich tun kann. Ich bin müde davon, dass die Infusionsnadeln ständig rauskommen. Ich bin müde davon, ihnen dabei zuzusehen, wie sie ihre Kacke fressen und ihr Pipi trinken. Ich bin müde davon, sie durchdrehen zu sehen. Ich bin müde davon, ihre Angehörigen zu sehen, die jeden Tag dastehen und Antworten bei mir suchen, die ich ihnen nicht geben kann. Ich bin müde davon, mit Leuten zusammenzuarbeiten, die sich für nichts mehr interessieren, die so tot sind wie ich. Ich kann mich gar nicht mehr erinnern, warum ich das überhaupt gemacht habe, warum ich so blöd war zu glauben, Ärztin sein und sechs Jahre Medizinstudium könnten mich glücklich machen. Sie haben mir nur Schmerz und Verwirrung eingebracht.

· · ·

Ich weiß gar nicht, was ich eigentlich erwartet habe, wie sich »Gutes tun« anfühlen würde. Auf jeden Fall nicht so. Da ist kein Zauber, keine göttliche Erleuchtung. Es ist genauso schwer wie Böses tun. Man ist genauso müde, genauso verängstigt, genauso ernüchtert, genauso kaputt. Ich hätte gedacht, es würde eine Art Weihe geben, ein Erfülltsein vom Heiligen Geist, einen Frieden, der über einen kommt, wenn man Gottes Werke tut. Aber nichts davon tritt ein.

• • •

Als Jesus seinen Jüngern sagte, er wisse, dass einer von ihnen ihn verraten werde, hat er da vielleicht gehofft, derjenige würde sich ändern, wenn er merkt, dass Jesus Bescheid weiß, und seine böse Tat bereuen? Und falls nicht, falls Jesus schon wusste, dass alles unabwendbar ist, wie unfair war das dann Judas gegenüber, dass ihm kein Ausweg blieb, dass er dazu erkoren war, auf ewig derjenige zu bleiben, der Gottes Sohn verraten hat.

• • •

Warum ist hier alles so kaputt? Wie konntest Du alles so verkommen lassen? Warum unternimmst Du nicht was dagegen? Ich will mit alldem nichts zu tun haben. Ich finde es furchtbar hier. Ich kann hier nicht glücklich sein. Du kannst nicht von mir ver-

langen, mit so was glücklich zu sein. Man muss verrückt sein, wenn man mit so was glücklich ist. Ich
bin doch nur ein Mensch, kein Gott. Ich bin nicht
Jesus. Ich bin nicht Du. Warum verlangst Du bloß
so viel von mir?

*Denn ich weiß nicht, was ich tue. Denn ich tue
nicht, was ich will; sondern, was ich hasse,
das tue ich.*

Römer 7, 15

Paradoxerweise versank ich in Selbstmitleid, als die starken Blutungen aufhörten. Sie waren der Stachel in meinem Fleisch gewesen, meine ureigene, jammervolle Last, die ich zu tragen hatte. Und obwohl ich nirgendwo hingehen konnte, ohne eine Packung Binden oder eine Schachtel Tampons dabeizuhaben, waren sie doch auch zu meinen vertrauten Gefährten, den treuen Freunden meiner Kindheit geworden. Als das irrsinnige Bluten dann vorbei war, fehlte mir auf einmal jeder Grund, kein weißes Sommerkleid anzuziehen und nicht in die Welt hinauszugehen. Ich hatte keine Entschuldigung mehr, nicht zu laufen, nicht zu tanzen, nicht zu fliegen. Aber ich hatte Angst. Was, wenn die Flügel abfielen, die Slipeinlage mein Bein entlang nach unten rutschte und ich stürzte? Was, wenn ich mitten in all dem Spaß plötzlich vergaß, vorsichtig zu sein, immer wieder nachzusehen?

Aber wenn ich mit Nyasha zusammen war, gab mir das Mut. Sie war so tapfer, so witzig, so kompromisslos. In ihrer Nähe schien nichts unmöglich. Aus ihrem Schoß floss gar nichts mehr, denn sie hatte sich eine Hormonspirale einsetzen lassen, sobald sie eigenes Geld verdiente. Sie hatte, wie sie mir erklärte, einfach keine Lust, sich von dem ganzen Mist irgendwie aufhalten zu lassen.

Klar, dass Ma sie nicht leiden konnte.

»Diese *kwere-kwere*, Masechaba, diese Ausländer, die nutzen doch nur ihre schwarze Magie, um dir deine Intelligenz zu rauben, deine ganze Zukunft. Am Ende ist dann alles weg, was du dir so hart erarbeitet hast, und du stehst mit genauso leeren Händen da wie sie, als sie in unser Land kamen.«

Also zog ich von zu Hause aus.

Nyasha und ich mieteten uns eine Wohnung nahe beim Krankenhaus. Wenn keine von uns Bereitschaftsdienst hatte, fuhren wir oft zusammen zur Arbeit. Eigentlich hatte ich das schon immer vorgehabt, ich hatte bisher nur niemanden gefunden, mit dem ich gern zusammenleben wollte. Man kann schließlich nicht ewig bei seiner Mutter wohnen, und ich war ja auch nicht aus der Welt. Der Mensch braucht Raum. Tshiamo würde mich vermutlich schimpfen, weil ich Ma in dem großen Haus allein lasse, aber woher nimmt er eigentlich das Recht, mich zu kritisieren? Wer keinen Respekt vor dem Leben hat, darf auch anderen nicht vorschreiben, wie sie ihres leben sollen.

• • •

Ich hatte Nyasha bei einem leichten Auffahrunfall kennengelernt. Vorher hatte ich sie schon oft bei der Arbeit im Krankenhaus gesehen. Sie war mir aufgefallen, weil sie wunderschöne pechschwarze Dreadlocks hatte und eine stille Zuversicht, die mir einigen Respekt abrang. Sie arbeitete als Amtsärztin in der Abteilung für Geburtshilfe & Gynäkologie und wartete auf eine Qualifikationsstelle als Fachärztin. Dabei wusste das ganze Krankenhaus, dass sie es, wenn sie keine Ausländerin wäre, längst zur Chefärztin für Geburtshilfe & Gynäkologie gebracht hätte, sie war nämlich eine absolute Ausnahmechirurgin.

Eines Abends beobachtete ich, wie sie mit einer werdenden Mutter scherzte, die haarscharf davor war, ein kerngesundes Kind zu verlieren. Bei einer Wehe war die Nabelschnur des Babys aus der mütterlichen Scheide gerutscht, und Nyasha hielt vier Stunden lang ein feuchtes Tuch in die blutige Höhlung, damit die Nabelschnur nicht austrocknete, bis endlich ein OP frei wurde und der Chefarzt eintraf. Die ganze Zeit lachte sie, eine Dose Red Bull in der einen, das Leben des Babys in der anderen Hand. Da wusste ich, dass ich sie zur Freundin wollte und alles tun würde, was nötig war, um sie in meinem Leben zu haben.

In den Nächten, in denen wir gemeinsam Bereitschaftsdienst hatten, versuchte ich, mit ihr ins Gespräch zu kommen. Sie war durchaus höflich, hatte aber immer zu tun. Sie musste Leben retten, während wir Assistenzärztinnen uns so durchwurschtelten. Und dann, eines Morgens, auf dem Weg zur Arbeit, sah ich sie plötzlich vor mir fahren, und mir kam der Gedanke, dass das womöglich meine einzige Chance war. Ich fuhr neben sie, vor sie und ließ sie schließlich wieder überholen. Im Krankenhaus war nie Zeit zum Reden. Es fand sich kein Vorwand für lange Gespräche, die in eine Freundschaft münden könnten, kein Umfeld, das sich dafür geeignet hätte, mehr über diese schöne Frau mit den stechend braunen Augen zu erfahren. Und als die Ampel von Grün auf Gelb und schließlich auf Rot schaltete, trat ich das Gaspedal durch und fuhr ihr hinten rein.

Tshiamo wäre entsetzt gewesen.

»Du schreckst aber auch vor nichts zurück, Masechaba!«

Aber es wurde ja niemand verletzt. Ich wusste, dass ihr nichts passieren würde. Ich würde sie niemals verletzen. Anders als Tshiamo, der keinen Gedanken daran verschwendet hat, wie sehr er uns verletzen könnte.

Er wusste schon, warum er keinen Abschiedsbrief hinterlassen hat, der dumme Junge. Den hätte ich nämlich sowieso nicht gelesen. Ich hätte ihn in winzig kleine Fetzen zerrissen und verbrannt. Tshiamo ist wirklich ein Blödmann. Wir machen doch alle irgendwelchen Mist durch. Wofür hält er sich eigentlich?

. . .

Nyasha erzählt nicht viel von Simbabwe. Und ich stelle nicht viele Fragen, um sie nicht zu kränken oder ihr zu zeigen, wie wenig Ahnung ich habe. Ich weiß nur, dass ihre Mutter Krankenschwester in Bristol ist. Von einem Vater weiß ich nichts, und ich habe sie auch nie von Geschwistern reden hören, obwohl sie mal einen Vetter in den USA erwähnt hat, der auf Hals-Nasen-Ohren-Chirurgie spezialisiert ist.

Ich finde es schlimm, wie unser Land Leute wie sie behandelt. Wir sollten es doch besser wissen, von wegen Apartheid und allem. Nyasha hat ziemlich helle Haut und sieht eigentlich sehr südafrikanisch aus, man weiß also gar nicht, dass sie Ausländerin ist, bis man mit ihr spricht.

Manchmal regt sie mich aber auch auf. Sie redet darüber, was Südafrikaner tun oder lassen sollen, als wäre sie eine Autorität auf dem Gebiet, eine Expertin. Erst vorgestern kam sie ganz aufgebracht nach Hause, weil sie gerade einen *weißen* Patienten aufgenommen hatte, der wissen wollte, ob ihm vielleicht ein Mädchen sein Gepäck auf die Station bringen könne. Nyasha war empört über diese Verwendung des Wortes »Mädchen« und fing eine Tirade darüber an, wie arrogant *weiße* Südafrikaner doch seien. Ich sagte ihr, sie müsse in solchen Situationen nachsichtiger sein. Sie sei schließlich die Ärztin und er der Patient, der Schmerzen habe und nicht wisse, was er sage.

Sie meinte, ich hätte sie nicht mehr alle. Genau daran liege es doch, meinte sie, dass wir Südafrikaner immer weiter in der Illusion von Freiheit lebten und gar nicht merken würden, dass wir weiterhin unter *weißer* Vorherrschaft gefangen blieben.

Ich sagte ihr, sie müsse all ihren Zorn an Dich abgeben. Ich hätte bei der Arbeit noch nie ein rassistisches Erlebnis gehabt, und die Leute dort seien im Grunde wirklich nett, wenn man sich die Mühe mache, sie näher kennenzulernen. Jeder ist doch nett, wenn man ihn näher kennenlernt.

Sie bedachte mich mit einem ihrer Blicke.

Ich werde mich nicht von ihr provozieren lassen. Die ganze Zeit inszeniert sie Dramen, wo keine sind. Manchmal möchte ich ihr am liebsten sagen, sie soll doch in ihr eigenes Land zurückgehen und ihre eigenen Probleme lösen und endlich aufhören, sich in unsere einzumischen. Aber das würde ich nie tun. Es ist einfach nicht nett, so was zu sagen. Ich habe das Glück, in Südafrika geboren zu sein. Sie kann ja nichts dafür, dass das bei ihr anders ist. Wer reich ist, muss jene, die Mangel leiden, an seinem Reichtum teilhaben lassen.

. . .

Irgendwie streiten wir viel in letzter Zeit, Nyasha und ich. Vielleicht liegt das an mir. Ich bin die ganze Zeit so müde, müde und gereizt. Ich weiß gar nicht mehr, wann wir das letzte gute Wochenende hatten. War es wirklich das eine Mal, als wir den ganzen übrig gebliebenen Champagner von der Abteilungsweihnachtsfeier mit nach Hause genommen haben? Das ist schon ewig her. Wir waren noch lange wach, haben Filme geguckt und gelacht und uns dann mit Käse-Samosas, Peri-Peri-Wedges und Minigarnelen vollgestopft. Eigentlich ein Wunder, dass uns nicht schlecht geworden ist. Wir waren so glücklich. Wir konnten gar nicht fassen, dass wir tatsächlich beide keinen Bereitschaftsdienst hatten an dem Wochenende, das ganze Wochenende! Nyasha meinte, das sei wie die Pyjamapartys, die sie nie erlebt hatte. Als sie als junges Mädchen nach Südafrika kam, hatte ihre Mutter ihr verboten, bei anderen Mädchen zu schlafen, weil sie Angst hatte, jemand könnte Nyasha belästigen. Sie traute keinem über den Weg in diesem verrückten Land. Ich lachte und nannte sie fremdenfeindlich. Nyasha lachte auch und meinte, Südafrikaner glaubten eben immer, sie hätten die Fremdenfeindlichkeit gepachtet. Das war ein glücklicher Tag. Ein glückliches Wochenende.

Ich hatte ja auch nie woanders übernachten dürfen, es bedeutete mir also genauso viel, obwohl ich ihr nichts davon erzählte. Zu Hause lagen immer große braune Handtücher auf meinem Bett. Harte Handtücher, keine weichen, neuen, das wäre ja Verschwendung gewesen. Harte, dunkle Handtücher, die ein Geheimnis bewahren konnten.

. . .

Letzte Nacht, beim Bereitschaftsdienst, haben die Sanitäter gegen halb zwei Uhr morgens eine *Weiße* gebracht. Sie war mit ihrem Freund zu Hause, als vier Männer bei ihr eingebrochen sind, sie vergewaltigt, ihr in den Kopf geschossen und die Wohnung ausgeräumt haben. Ich habe nicht die ganze Geschichte mitgekriegt, weil der diensthabende Arzt total in Panik war und uns alle herumgescheucht hat. Ich sollte Blut aus ihrem Oberschenkel entnehmen und in die Blutbank bringen. Als ich wiederkam, war das OP-Team schon dabei, sie für den Eingriff vorzubereiten. Sie war bei vollem Bewusstsein und redete, obwohl man ihr in den Kopf geschossen hatte, richtig seltsam. Auf dem Weg zur Blutbank hörte ich, wie einer der Sanitäter einer Krankenschwester erzählte, die Polizei habe an den Wohnzimmerwänden massenhaft Blutspritzer gefunden, und der Freund sei noch am Tatort gestorben, das habe man der Frau aber noch nicht gesagt.

Nachdem ich die Notfallkonserve in den OP gebracht hatte, ging ich wieder ins Bett und stellte mir diese Wohnzimmerwände vor.

Als ich heute Morgen nach Hause kam, habe ich Nyasha davon erzählt. Bei der Morgenbesprechung meinten alle *weißen* Assistenzärzte und -ärztinnen, genau das sei der Grund, warum sie die Zulassungsprüfungen für Großbritannien und die USA schreiben und das Land verlassen wollten.

»Sollen sie doch gehen«, war alles, was sie dazu zu sagen hatte. »Die sehen unsereins sowieso nur als Puppen, an denen sie ihre klinischen Fähigkeiten verbessern können, für die *Weißen*, die sie später privatärztlich behandeln werden. Sollen sie doch gehen.«

Du weißt ja, wie Nyasha ist, o Herr.

• • •

Hast Du auch manchmal das Gefühl, dass ich das eine bin und die anderen das andere? Dass ich ich bin und Du Du und wir getrennt voneinander sind? Dass ich hier bin und Du dort? Dass das hier mein Leben ist und das dort Deines? Dass diese Gedanken meine sind und Du Deine eigenen hast, die mit meinen gar nichts zu tun haben?

• • •

Ich habe Nyasha gefragt, ob es ihr auch manchmal Angst macht, Ärztin zu sein. Ob sie manchmal das Gefühl hat, nicht mehr atmen zu können? Als läge da ein riesiger unsichtbarer Felsbrocken auf ihrer Brust?

Aber das hätte ich mir sparen können, denn statt

des Mitgefühls, auf das ich gehofft hatte, bekam ich ein Donnerwetter zu hören.

»Red nicht solchen Blödsinn, Chaba! Du verbringst zu viel Zeit mit diesen *weißen* Assistenzärzten, das ist dein Problem. Sie beeinflussen dich. Du kannst nicht atmen? Wieso kannst du denn nicht atmen? Hast du vielleicht TB? Sind deine Atemwege blockiert, weil du an Pneumocystis-Pneumonie leidest? Nein? Und warum kannst du dann nicht atmen?«

. . .

Morgen werde ich ganz früh aufstehen und pünktlich im Krankenhaus sein. Ich werde gleich als Erstes im Labor stehen und dafür sorgen, dass ich noch vor der Morgenvisite die Ergebnisse aller Patienten habe. Ich werde selbst ihre Temperatur messen, falls die Stationsschwestern es noch nicht gemacht haben. Ich werde die anderen davon abhalten, Leute zu entlassen, die noch nicht gesund genug sind, um nach Hause zu können. Ich werde die Leute fragen, wie sie sich fühlen, anstatt einfach etwas zu erfinden.

Wahrscheinlich ändert das gar nichts. Wahrscheinlich fühle ich mich schon am Mittag wieder genauso leer wie jetzt. Ach was, schon um halb neun. Aber ich werde es trotzdem versuchen. Ich werde früh aufstehen und mir eine Liste der Dinge machen, die an dem Tag zu tun sind. Ich werde zu jedem Leiden eines Patienten noch mehr lesen, damit ich ihnen wenigstens ein bisschen helfen kann. Vielleicht finde ich ja etwas Schlaues in den Fachzeitschriften. Vielleicht finde ich ja Wege, zumindest ein paar zu retten. Ich werde mich ändern. Ich werde nachmittags länger bleiben und den anderen Ärzten bei ihrer Arbeit helfen, wenn ich mit meiner fertig bin. Und ich werde auch nicht mehr vergessen zu beten.

· · ·

Tolle Neuigkeiten, o Herr! Ich habe über Nyasha von Gerüchten gehört, dass die Krankenschwestern streiken wollen. Das heißt, alle geplanten Operationen fallen aus, weil keine Schwestern da sind, die assistieren können. Und das wiederum heißt freie Donnerstagnachmittage. Das muss ein Wunder sein! Danke! Danke! Danke!

Mein Gott, mein Gott, warum hast du mich ver-
lassen? Ich heule; aber meine Hilfe ist ferne. Mein
Gott, des Tages rufe ich, so antwortest du nicht;
und des Nachts schweige ich auch nicht. Aber du
bist heilig, der du wohnst unter dem Lobe Israels.
Unsre Väter hofften auf dich; und da sie hofften,
halfst du ihnen aus. Zu dir schrieen sie und wur-
den errettet; sie hofften auf dich und wurden nicht
zu Schanden.
Ich aber bin ein Wurm und kein Mensch, ein Spott
der Leute und Verachtung des Volks. Alle, die mich
sehen, spotten mein, sperren das Maul auf und
schütteln den Kopf: »Er klage es dem HERRN; der
helfe ihm aus und errette ihn, hat er Lust zu ihm.«

Psalm 22, 1–8

Heute Morgen habe ich zwei Patienten für tot erklärt. Ich habe nichts dabei empfunden. Ich wollte mich zwingen innezuhalten, ruhig zu werden, es zur Kenntnis zu nehmen. Aber da kam nichts. Sogar mit dem Kreuzzeichen habe ich es versucht, aber es hat sich nichts in mir gerührt.

Vielleicht kriege ich ja nur meine Tage.

· · ·

Nächsten Monat starte ich meine Schicht auf der Geburtshilfe & Gynäkologie. Mir wird angst und bange, wenn ich an die vielen Stunden denke, die ich damit zubringen werde, kleinen Mädchen tote Babys aus der Scheide zu saugen. Ich hasse die Belegschaft von der Geburtshilfe & Gynäkologie. Ich hasse die Einrichtung dort, ich hasse den Geruch. Die Schwestern sind alle grausam und gemein, vor allem zu ausländischen Patientinnen. Die sind nur Dreck für sie. Sie brüllen sie an, wenn sie mitten in der Nacht ohne Mutterpass auftauchen. Sie wollen von ihnen wissen, warum sie unsere Station verstopfen. Sie schauen sich die Schürfwunden an ihren Beinen an, schnalzen mit der Zunge und sagen: »Schau dir die an. Sieht man doch gleich, dass die gestern erst über den Grenzzaun geklettert ist.«

Sie rümpfen die Nase, wenn sie sie untersuchen. Sie lachen über ihre Namen. Sie sprechen Sesotho, isiXhosa und isiZulu mit ihnen, obwohl sie genau wissen, dass sie das nicht verstehen.

Und dann stehe ich da und grinse verlegen. »Keine Sorge, die machen nur Spaß«, beruhige ich sie, wenn ich allein mit ihnen im Untersuchungszimmer bin. Sie wissen, dass ich lüge, das sehe ich ihnen an den Augen an. Also sage ich nichts mehr.

Ich habe Angst vor den Schwestern von der Geburtshilfe & Gynäkologie. Wenn ich sie zurechtweise, mache ich mir das Leben auf der Abteilung für die Dauer meiner Schicht zur Hölle. Vielleicht auch noch darüber hinaus. Also mache ich lieber gar nichts, anstatt ihnen zu sagen, dass ihr Verhalten falsch und womöglich sogar rechtswidrig ist.

Ich bin feige. Hätten wir noch Apartheid, ich wäre eine von den schweigenden *Weißen*, die einfach nur danebenstanden und zugesehen haben.

• • •

Ich erzähle Ma von der Nierenschale, auf der noch *Slegs Blankes, Nur für Weiße*, eingraviert ist und die die Schwestern nur für ausländische Patientinnen verwenden. Ich sage ihr, wie haarsträubend es doch ist, dass wir genau das geworden sind, wogegen wir so lang und hart gekämpft haben. Ma meint, sie könne den Schwestern keinen Vorwurf machen. Sie habe schließlich Filme gesehen, und diese Ausländer würden ihre Magie überall verbergen.

. . .

Was ist da in uns, das uns so böse macht? Und wie können wir uns bessern? Warum sind wir zu so viel Unheil und Schlechtem fähig? Wie können wir uns ändern? Und anders bleiben?

. . .

Nyasha hat erzählt, ihre neuen Assistenzärztinnen hätten alle glatte Extensions. Zwölf junge Frauen, allesamt Schwarz wie die Nacht, mit Plastikmähnen auf dem Kopf. Das ärgert sie.

»Diese blöden Weiber. Gebildet, aber blöd. Sie können dir genau sagen, welcher Nerv den Stapediusmuskel aktiviert, und merken nicht mal, wie albern es ist, mit einem Haufen Selbsthass auf dem Kopf herumzulaufen!«

Sie will, dass ich mich einmische.

»Sag du es ihnen, Chaba! Das sind schließlich deine Schwestern, deine südafrikanischen Schwestern. Vielleicht kannst du sie ja zur Vernunft bringen, wenn du mit ihnen redest.«

Ich sage nichts, also macht sie weiter. »Natürlich wissen wir alle, dass wir uns als Schwarze hassen. Geschenkt. Aber jetzt zeigen wir das auch den *Weißen*. Jetzt zeigen wir ihnen diesen dunklen Schandfleck unseres Selbsthasses. Wir beweisen ihnen, dass wir tatsächlich ein dummes Volk voller Selbstverachtung sind. Dass man Mitleid mit uns haben muss. Was kosten solche Extensions? Diese Mädchen verdienen überhaupt erst seit ein paar Monaten eigenes Geld und bereichern schon die Branchen, die darauf aus sind, uns zu unterdrücken, anstatt unsere Gemeinschaft zu stärken.«

Die Tirade geht weiter, und meine offensichtliche Gleichgültigkeit scheint sie kein bisschen zu stören.

»Und ich muss jetzt meine Dreadlocks behalten, obwohl sie mir die Kopfhaut kaputt machen, obwohl ich sie nicht mehr sehen kann, damit zumindest irgendwer noch Stolz zeigt. Wir können schließlich nicht alle wie die Irren rumlaufen. Wenn jetzt die Marsmenschen bei uns landen würden, Chaba, was würden die wohl von uns denken?«

Nyasha will immer kämpfen, kämpfen, kämpfen. Sie hasst die *Weißen* und gibt ihnen die Schuld an allem. Vielleicht hat sie ja recht, vielleicht sind sie wirklich schuld. Aber es ist doch, wie es ist. Was geschehen ist, ist geschehen. Wir können die Zeit nicht zurückdrehen, und wir können ganz sicher nicht anders werden, als wir sind, nur um die Vergangenheit zu rächen. Sie findet, wir Schwarzen Südafrikaner seien viel zu nett, zu entgegenkommend, zu weich. »Schwach« und »jämmerlich«, das sind die Worte, die sie für uns verwendet.

»Wir müssen endlich aufhören, uns krummzulegen, uns abzurackern, damit die sich wohl, willkommen und sicher fühlen. Sobald ein *Weißer* am Ruder ist, denkt der doch nur noch an seinen eigenen Vorteil.«

Möglich, Nyasha, möglich, dass das stimmt, aber vielleicht stimmt es ja auch nicht. Und vielleicht, Nyasha, sollten wir auch nicht vergessen, dass wir in einer gefallenen Welt leben. Manche Kriege werden wir nie gewinnen, und vielleicht besteht das Endspiel ja auch gar nicht darin, in diesem Leben über flüchtige Königreiche zu triumphieren, sondern den Kampf um die Ewigkeit zu bestreiten.

Sie hat natürlich nur Spott übrig, wenn ich so was sage.

»Warum macht dein Gott es uns eigentlich so schwer, ihn zu lieben, Chaba? Was sind das für Spielchen? Eine Welt zu erschaffen und uns reinzusetzen, um uns dann beim Leiden zuzusehen? Warum versteckt er sich? Ist er vielleicht feige? Warum kommt er nicht zu uns herunter und schaut sich den ganzen Mist an, den er angerichtet hat, schaut sich an, was seine Schöpfung so treibt?«

Ich bin nicht gut im Streiten. Es überfordert mich, und dann wird mein Kopf ganz leer, also sage ich lieber gar nichts.

. . .

Ma beharrt darauf, dass meine Freundschaft mit Nyasha nur schmerzlich enden kann. Sie beharrt darauf, dass Ausländer hinterlistig sind und Nyasha nur mit mir befreundet ist, um an mein Wissen zu kommen und mich dann zu überflügeln. So machen das die Ausländer, sagt sie. Sie kommen in unser Land, um uns alles wegzunehmen, wofür wir gekämpft haben.

Ich habe es aufgegeben, mit Ma zu diskutieren. Wenn ich am Wochenende nach Hause komme, verlangt sie, dass ich mich noch an der Tür ausziehe, weil sie nicht will, dass ich Nyashas Zaubersprüche und ihre schwarze Magie mit ins Haus bringe. Damit zahlt sie mir auf ihre Weise heim, dass ich sie verlassen habe und mit Nyasha zusammengezogen bin.

Wenn die zwei bloß wüssten, wie ähnlich sie sich sind, wie viel sie gemeinsam haben. Sie wollen mich beide dazu bringen, die *Weißen* zu hassen, aber das will ich nicht. Ich will auch keine Ausländer hassen. Ich will überhaupt niemanden hassen. Das macht so müde. Ich bin doch schon so müde von der Arbeit. Es ist zu viel, ich komme damit gerade einfach nicht klar.

Aber sie rufen mir ständig in Erinnerung, dass ich das muss. Sie wärmen alte Geschichten von Betrug, Hinterhältigkeit und Plünderungen auf und kommen dann mit neuen. Ich will sie ja nicht enttäuschen, sie sollen auch nicht in Sorge sein, dass ich unkonzentriert bin und Fehler mache, den Ball fallen lasse. Darum nicke ich oft nur zustimmend und hoffe, dass sie aufhören. Aber dieser Ball ist einfach zu schwer, um ihn festzuhalten. Die Arme tun mir weh davon, und ich kann nichts anderes mehr machen, wenn ich ihn in der Hand habe.

· · ·

Also erzähle ich Nyasha auch nicht, was ich auf der Weihnachtsfeier mit François gemacht habe. Wenn er auf dem Ärzteparkplatz an mir vorbeigeht und mich anlächelt, regt sie sich sofort auf und legt mit einer ihrer Tiraden los.

»*Weiße* Männer glauben immer, sie brauchen eine Schwarze Frau nur anzulächeln, und schon erfüllt sie ihnen jeden Wunsch. Sie finden, wir müssten uns schon geschmeichelt fühlen, dass sie uns überhaupt wahrnehmen. Ach was, geschmeichelt – geehrt! Das macht mich krank. Selbst die pathologisch Fetten, die niemals den Mut aufbringen würden, eine ihrer eigenen Frauen anzusprechen, glauben, uns fliegt beim Anblick ihrer Hautfarbe gleich das Höschen weg!«

Ich tue dann so, als hätte ich gar nicht zugehört, murmele was von präoperativer Blutentnahme vor der Morgenvisite und sehe zu, dass ich wegkomme.

· · ·

Bei der Arbeit ist Nyasha ein einsamer Wolf. Ich sehe sie nie in der Ärztekantine. Sie isst immer im Gehen. Sie behandelt die Belegschaft höflich, hat aber nicht viel für Smalltalk übrig. Ich versuche gar nicht erst, sie zu fragen, ob sie mit mir mittagessen will. Ich weiß schon, dass dann irgendeine Ausrede kommt. Neulich habe ich erfahren, dass es noch andere Freunde gibt, einen Schreibkreis, der sich jede Woche trifft. Da geht sie hin, um den anderen ihre Gedichte vorzulesen. Von dieser Gruppe – und den anderen Freunden – habe ich übrigens nicht erfahren, weil sie sich die Mühe gemacht hätte, mir davon zu erzählen, sondern durch die Post-its an ihrer Zimmerwand, die Tatsache, dass sie sich mittwochsmorgens immer schminkt, und die Erinnerungsnotiz am Kühlschrank. Mir macht es nichts, dass sie mich nie gefragt hat, ob ich mitkomme. Ich würde sowieso nicht hinwollen. Wer trifft sich denn heute noch, um sich Gedichte vorzulesen? Das ist so was von Neunziger. Aber vielleicht macht man das ja in Simbabwe so. Wer weiß?

· · ·

Es gibt nichts Schlimmeres, als in einem schönen Traum gestört zu werden. Man kann dann nicht mehr in ihn zurück. Ich hatte gerade geträumt, François und ich führen auf einem Quad-Bike, ich säße sicher und geborgen zwischen seinen Beinen, und er steuerte uns durch die Schlammberge. Ich trug einen Bikini, einen weißen Bikini, ganz ohne Angst, dass mir Blut zwischen den Beinen hervorfließen und alles einsauen könnte. Aber dann klingelte das Telefon, erst zweimal, dann dreimal, dann ununterbrochen, also ging ich ran. Und als ich am anderen Ende der Leitung Mas Stimme hörte, die irgendwas davon faselte, dass Tante Petunia sie nicht zu Seipatis Hochzeit, ihrer *magadi*, eingeladen hätte, da wusste ich gleich, ich hätte gar nicht erst rangehen dürfen, denn mit Schlafen und meinem Traum war es jetzt unwiderruflich vorbei, und ich würde Ma noch mindestens zehn Minuten zuhören müssen, bevor ich mit irgendeiner Ausrede wieder auflegen konnte.

· · ·

Ich hasse den Morgen, weil da immer das ganze Unglück wartet. Vom Klingeln des Weckers über den Kampf mit meinen Haaren bis hin zum Wieder-zu-spät-dran-Sein, so sehr ich mich vorher auch vorbereite. Mein Auto ist der Sarg, der mich täglich meinem Tod entgegenfährt. Immer wieder überlege ich, ob ich nicht einfach gehen soll, noch mal von vorne beginnen, zurück auf Anfang, aber dann werden die Stimmen in meinem Kopf immer lauter.

»Was willst du denn machen, wenn du kündigst?«

»Du kannst doch nichts anderes.«

»Willst du sechs Jahre deines Lebens einfach so wegwerfen?«

Ich versuche, ihnen klarzumachen, dass ich auch das hier nicht kann und dass ich lieber sechs Jahre meines Lebens wegwerfe als die vielen Leben, die ich nicht retten kann. Aber sie wollen mir gar nicht zuhören.

. . .

Manchmal sehe ich Dinge aus dem Augenwinkel. Der rote Wäschekorb da auf dem Boden ist ein Mann in rotem Hoody, der sich hingekauert hat, damit ihn keiner sieht. Manchmal erhebt sich eine Gabel aus dem Stapel Besteck auf dem Abtropfgitter. Wenn ich dann den Kopf drehe, um sie zu erwischen, liegt sie wieder reglos da, kalt und ohne Leben. Ich beachte diese Risse in meiner Psyche so wenig wie ein Raucher die vereinzelten Blutspuren in seinem Auswurf. Die offensichtliche Frage wage ich nicht zu stellen. Drehe ich durch?

Was würde aus mir werden, wenn mein Geist wirklich nicht standhielte? Wäre ich dann auch eine von diesen Abgehalfterten, die dumpf und betäubt auf der Frauenpsychiatrie herumliegen und den Medizinstudierenden dabei zusehen, wie sie in ihren Krankenakten stöbern?

. . .

Ich fühle mich wie in einem Bus, der mit zweihundertvierzig Stundenkilometern über die Schnellstraße brettert. Ich weiß nicht genau, wohin wir fahren, und fürchte, dass es mir dort nicht gefallen wird, wenn wir ankommen. Die anderen Leute im Bus sind keine Freunde. Der Fahrer hört mich nicht, als ich ihn bitte anzuhalten. Keiner hört mich, und ich weiß nicht, ob ich ihn vielleicht nur stumm im Kopf bitte. Ich kann nicht aufstehen. Ich muss mit geschlossenem Sicherheitsgurt sitzen bleiben. Aufstehen und den Gurt lösen ist strafbar, sagt der Fahrer. Ich fixiere die Aufkleber an den Scheiben. *Im Notfall bitte Scheibe einschlagen. Notfallhammer unter Ablage, bitte Scheibe einschlagen.* Diese Aufkleber sind überall. Wurden sie für mich dorthin geklebt? Vielleicht wollen sie mir ja helfen. Vielleicht wissen sie Bescheid. Aber wo ist die »Ablage«, und wie soll ich darunterkommen? Und falls ich den Hammer tatsächlich zu fassen kriegen sollte, wie viel Zeit bleibt mir dann, um die Scheibe einzuschlagen und zu fliehen, bevor ich der Straftat bezichtigt werde, meinen Sicherheitsgurt gelöst zu haben?

· · ·

Vielleicht bin ich ja depressiv. Ich weiß es nicht. Aber egal, ich nehme auf keinen Fall Fluoxetin. Dass ich zunehme, kann ich jetzt nicht auch noch brauchen. Dann werde ich nur noch depressiver.

Ich weiß gar nicht mehr, wer ich bin. Ich weiß nicht, was mich ausmacht. Ich fühle mich als Versagerin. Ich bin keine Heilige, ich bin nicht wie Mutter Teresa, Florence Nightingale, Albertina Sisulu. Ich bin nicht wie diese Menschen. Ich weiß nicht, wie man es anstellt, jeden Tag aufzuwachen und sich von den Patientinnen und Patienten multiresistente Tuberkulose ins Gesicht husten zu lassen, ohne dass es einen stört. Mich stört das. Ich wäre gern eine Heldin in irgendeiner Form, aber das habe ich nicht in mir. Ich bin das nicht, ich weiß nicht, wie ich das anstellen soll. Ich wünschte, ich könnte es. Ich wünschte, ich könnte ihre Scheiße in Händen halten und sie lieben. Aber das kann ich nicht.

Ich hasse sie.

· · ·

Warum bin ich nur so schlecht? Warum hast Du mich so gemacht? Ich will anders sein, besser, gütiger, aber ich weiß nicht, wie.

· · ·

Jesus? Siehst Du mich eigentlich?

· · ·

Wenn Du Dich bloß nicht vor mir verstecken würdest!

· · ·

Heute Morgen, auf dem Weg zur Arbeit, habe ich Nyasha gefragt, ob sie sich auch manchmal wünscht, dass bestimmte Leute tot wären. Ja, meinte sie, sie hoffe sehr oft, dass viele der Politiker sterben würden, diese ganzen alten Männer, die unseren Kontinent in den Ruin treiben. Sie könne gar nicht begreifen, warum die so lange lebten. Sie bezweifle nämlich stark, dass sie ein besonders gesundes Leben führten. Sie könnten doch unmöglich regelmäßig ihre Medikamente gegen Diabetes und Bluthochdruck einnehmen. Nyasha hofft, dass sie bald sterben werden. Um 2025 herum, schätzt sie, müssten die meisten von ihnen tot sein, und dann könnten wir den Kontinent endlich übernehmen und alles richten, was sie verbockt haben. Das Chaos beseitigen. Afrika endlich an seinen rechtmäßigen Platz auf der globalen Bühne führen. Sie schweifte zu Ausführungen darüber ab, warum es so wichtig sei, dass die Jugend sich für diese Zukunft bereit mache, nicht mehr so viel Zeit auf Twitter und Facebook verschwende und endlich anfange, den Wiederaufbau ihres Kontinents vorzubereiten. Dann zitierte sie jemand Berühmtes, der gesagt habe, es wäre doch ein Jammer, wenn der Moment des Handelns endlich käme und wir nicht vorbereitet wären.

Du weißt ja, wie Nyasha ist, o Herr.

Ich fragte sie, ob sie sich auch manchmal wünsche, dass bestimmte Patienten tot wären.

Sie musterte mich merkwürdig und sagte Nein. Dann sagte sie den ganzen restlichen Weg zur Arbeit nichts mehr.

. . .

Ich weiß schon, o Herr, ein Mensch, ein guter Mensch sollte so nicht denken. Ich würde so etwas auch niemals laut sagen, und ich schwöre auch, es nie wieder zu schreiben. Aber Du kennst doch Noluthando, die Frau mit dem Gebärmutterhalskrebs im Endstadium, die bettlägerig ist und inzwischen praktisch überall Fisteln hat. Wäre es nicht besser, wenn Du sie zu Dir holst, o Herr? Wäre es nicht besser, wenn sie sterben würde? Ich muss ihr täglich einen neuen Zugang legen, o Herr. Sie ist inzwischen so verwirrt, dass sie sich den Zugang jeden Tag wieder rausreißt. Sie isst nichts mehr, redet kaum, und wir können ihre Familie nicht erreichen. Was hat das denn für einen Sinn? Verursachen wir ihr nicht nur noch mehr Schmerz und Leid als nötig? Und Betty. Da wundere ich mich ehrlich gesagt, dass sie überhaupt noch lebt. Und diese kleine Njongo auf Station 16. Ihre Mutter ist abgetaucht, und sie ist so schwach, dass sie kaum noch den Kopf heben kann. Ich könnte Dir eine ganze Liste solcher Namen aufzählen.

Am besten reiße ich diese Seite heraus. Was würden die Leute von mir denken, wenn das mal einer liest? Aber es ist die Wahrheit. Bei manchen wünsche mir oft, sie würden sterben. Das wäre besser für sie und für mich. Ich kann nicht mehr, o Herr; wenn es bloß ein paar weniger wären, dann könnte ich mich besser um die kümmern, die noch eine Chance haben.

. . .

Ich kann doch unmöglich die schlechteste Ärztin aller Zeiten sein? Was ist mit den Ärzten, die über Steve Bikos Todesursache gelogen haben? Was ist mit dem Kardiologen, der während der Apartheid Schwarze vergiftet hat? Ich bin nicht wie die. Die sind böse. Ich mache nicht absichtlich Fehler. Ich bin einfach nur müde.

. . .

Warum empfinde ich nichts mehr? Das müsste ich doch eigentlich? Aber ich spüre nur Schuldgefühle, weil mir alles so egal ist, und Angst, dass mir jemand auf die Schliche kommen könnte. Sie öden mich an, o Herr, Dein Volk ödet mich an. Ich weiß, es ist falsch, das zu sagen, aber so ist es. Ihr Schmerz, ihre Probleme, ihre Hoffnungslosigkeit, das alles ödet mich an. Es ruft mir nur die ganze Zeit ins Gedächtnis, wie gewaltig, vielfältig und tief verwurzelt die Probleme sind und dass ich nichts tun kann, um sie zu lösen. Ich verdiene es nicht, mich noch Christin zu nennen, weil ich mich nicht so verhalte. Immer und immer wieder lüge ich mir vor, dass ich zumindest etwas Gutes tun kann, aber das kann ich nicht. Ich kann ja nichts ändern. Es ist alles hoffnungslos. Sie sterben sowieso, egal, was ich tue.

. . .

Irgendwer hat mir mal von diesem Gas erzählt, das aus dem Innern der Erde freigesetzt wird. Dort, wo es sich sammelt, hat man ein Feuer gemacht, das brennt bis zum heutigen Tag. Es wütet ständig, ununterbrochen, frisst alles ringsherum auf, wie der Höllenschlund.

So fühlt es sich in mir an. Als wäre da ein wütendes Feuer, das in mir lodert. Hineinzugehen ist viel zu gefährlich, und ich weiß nicht, was ich von hier draußen tun soll, um es zu löschen. Das ist wie eine Hölle im Innern. Es frisst mich auf.

Vielleicht kriege ich ja nur meine Tage.

. . .

Ich finde keinen Frieden. Weder im Kopf noch im Herzen noch in der Seele, nirgends.

. . .

Früher mochte ich das Vaterunser. Es ist der einzige Teil der Bibel, den ich auswendig kann, und als Kind habe ich es oft mehrmals hintereinander aufgesagt, wenn ich Angst bekam. Manchmal habe ich die Wörter auch vertauscht, sie falsch herum aufgesagt und mir nichts weiter dabei gedacht. Ich dachte, das interessiert Dich nicht, solange ich sie überhaupt sage. Und es hat geholfen. Es hat immer geholfen. Manchmal ging es schneller, manchmal dauerte es länger, aber danach habe ich mich immer besser gefühlt. Jetzt hilft gar nichts mehr.

· · ·

Ich will so schrecklich gern anders sein, o Herr. Ich will die Station betreten, das Tränenmeer dort sehen und mich davon rühren lassen. Ich will nicht egoistisch, gereizt und ungeduldig sein. Ich will kein Hindernis auf Deinem Weg sein. Aber so hast Du mich nun mal gemacht.

· · ·

Letzten Freitag haben wir freibekommen, um an den Kommunalwahlen teilzunehmen. Nur die Ärzte, die Bereitschaftsdienst hatten, mussten kommen. Ich konnte meinen Körper nicht dazu bringen, aus dem Bett aufzustehen. Ich war gar nicht sicher, ob ich überhaupt als Wählerin registriert war. Und ich wusste auch nicht, wen ich wählen sollte, also ging ich gar nicht aus dem Haus. Am Montagmorgen sah mir Nyasha angewidert dabei zu, wie ich mir mit meinem schwarzen Anästhesiemarker einen gefälschten Wahlpunkt auf den rechten Daumen malte. Sie fand mich erbärmlich und hielt mir einen Vortrag darüber, wie viel für mein Wahlrecht geopfert worden sei. Sie meinte, meine Ahnen würden Unglück über meine Zukunft regnen lassen, weil ich meine Freiheit nicht zu schätzen wisse. Sie meinte, ich sei eine Schande.

Ich wollte von ihr wissen, was denn ihre Ahnen davon hielten, dass sie aus ihrem eigenen Land fortgelaufen sei, um hier die Leute zu nerven. Sie sagte nichts darauf, und ich sah ihr an, dass meine Worte sie verletzt hatten. Na, von mir aus. Wenn sie austeilt, muss sie auch einstecken können.

. . .

Ich habe Hunger, aber Essen ist das Allerletzte, was ich zu mir nehmen will.

. . .

Das kann doch unmöglich alles sein.

*Herr, gib mir dieses Wasser, auf dass mich
nicht dürste und ich nicht herkommen müsse,
zu schöpfen!*

Johannes 4, 15

Cola, Kentucky Fried Chicken, Red Bull, die Mikrowellengerichte, die im Kühlschrank so viel Platz wegnehmen, Vitaminwasser, Kokoswasser, Wasser mit Cayennepfeffer, Weihwasser. Xanax, Wodka, alles, was die Gefühle irgendwie betäubt. Diätpillen für die Energie. Ritalin, um nachts wach zu bleiben. Die Pille danach. Für die ganz Entschlossenen die Spirale. Mindestens vier Mal im Jahr eine Postexpositionsprophylaxe. Für die glücklose Minderheit eine TB-Behandlung. Grippeimpfung. Hepatitis-B-Auffrischung. Bei der kleinsten Andeutung eines Schnupfens Breitbandantibiotika der dritten Generation. Krätze, ein Mitbringsel aus der Psychiatrie. Ekzeme, Asthmaspray, Yoga, Tofu, Detox-Kuren im Urlaub, fünfzehn Tage lang nur grünes Gemüse. Dubai oder Thailand als Ausgleich für das alles. Dann kommt man zurück, und der Ansturm geht gleich wieder von vorne los.

. . .

Heute Morgen musste ich den OP verlassen, weil ich so heftige Regelschmerzen bekommen habe, dass ich fast umgekippt wäre und den gesamten OP-Bereich verunreinigt hätte. Seltsam. Obwohl sich meine Periode seit der Endometriumablation auf bloße

Schmierblutungen beschränkt, sind die monatlichen Bauchkrämpfe weiterhin wie ein Uhrwerk, vielleicht, damit ich nicht vergesse, dass die Bestie nicht tot ist, sondern nur schläft.

Dr. Sage meinte, ich solle mich umziehen und mich im Aufenthaltsraum der Anästhesie kurz hinlegen, bis zum nächsten Patienten. Während ich dort lag, schickte ich Nyasha eine SMS und bat sie, mir Ibuprofen aus der Notaufnahme zu bringen. Auf der anderen Seite des Zimmers saß Schwester Dlamini und sah zu, wie Nyasha zwei Tabletten aus der Tasche zog und mir ihre Wasserflasche hinhielt. Ich merkte gleich, dass sie etwas sagen wollte, wäre aber nie auf das gekommen, was sie dann von sich gab.

»*Sies*, Dr.! Igitt!«, rief sie. »*O na le sebete ne? Batho, ba ga se batho.* Sie können doch krank werden, wenn Sie aus deren Flaschen trinken!«

Ich konnte nicht fassen, dass sie das vor Nyasha sagte.

»Sie ist einfach nur dumm«, murmelte ich Nyasha zu, während sie ihre Sachen einsammelte, um wieder in die Notaufnahme zurückzukehren.

Nyasha zuckte die Achseln. »Das ist nur eine Phase, die Südafrika gerade durchmacht«, erwiderte sie ganz sachlich. »Wachstumsschmerzen.«

»So wie Regelschmerzen«, sagte ich im Versuch, einen Scherz zu machen.

»Ja.« Sie schenkte mir ein schwaches Lächeln. »Wie Regelschmerzen.«

. . .

Ich habe Nyasha nicht erzählt, dass ich heute Abend, als wir essen waren, eine Katze unter dem Tisch hervorkriechen gesehen habe oder dass draußen vor dem Fenster Portugiesen standen. Ich kann Nyasha fast alles erzählen, aber das würde ich ihr niemals sagen. Ich weiß genau, sie würde mich verlassen, wenn sie befürchten müsste, dass ich durchdrehe. Das kann ich nicht riskieren. Sie würde zwar in der Wohnung bleiben, sich aber von mir zurückziehen, mich beobachten, meine Äußerungen analysieren. Manche Dinge erzählt man einfach nicht. Man schreibt sie in ein Tagebuch, aber man erzählt sie niemandem.

. . .

Heute hat mich Kgomotsos Tante angesprochen. Ich hatte sie schon auf Station gesehen, sie aber noch nie sprechen hören. Manchmal habe ich gemerkt, wie sie mich anstarrt, aber sobald sich unsere Blicke trafen, hat sie immer schüchtern weggeschaut. Darum war ich auch etwas verblüfft, als sie zu mir kam und mich fragte, ob ich glaube, dass Kgomotso sterben wird. Sie deutete auf Kgomotsos intravenösen Zugang, in den wieder Blut geflossen war, auf ihren eigenen

Bauch, wo, wie sie mir anvertraute, ein Baby heranwuchs, und dann fing sie an zu weinen. Ich erwähnte Dich, sagte ihr, wegen des Zugangs müsse sie sich keine Sorgen machen, wir würden ihn säubern, sobald wir dazu kämen, fragte sie, im wievielten Monat sie sei. Aber sie ließ nicht locker. Sie meinte, sie sei allein in Johannesburg und arbeitslos, und es sei kein Geld da, um eine Leiche ans Ostkap zu schicken.

Ich wusste nicht, was ich sagen sollte, o Herr, denn Kgomotso wird auf jeden Fall sterben. Du weißt es, ich weiß es, und Kgomotsos Tante weiß es auch.

Also rief ich Schwester Lebea dazu, die als Erstes einen Hocker holte, damit wir uns alle setzen konnten. Darauf war ich gar nicht gekommen. Sie brauchte nicht viele Worte. Schwester Lebea erklärte Kgomotsos Tante, dass Kgomotso ganz sicher unterwegs sterben werde, wenn man sie in einen Bus setze, aber es gebe da einen Möbelpacker, der ein guter Mensch und auf solche Dinge spezialisiert sei. Sie sprach von einer Sammlung, die die Krankenschwestern regelmäßig durchführten, einer Art Tombola, viel komme dabei nicht zusammen, aber es reiche, und sie würden ihr einen Teil davon geben. Mit Kgomotso, die schweigend im Bett saß und sich anhörte, wie ihr Schicksal so offen besprochen wurde, scherzte die Schwester, sie müsse jetzt aber bald mal ein Bad nehmen, sie werde noch ganz faul, wenn sie hier tagein, tagaus im Bett herumliege. Ob sie denn nicht wisse, dass eine Frau mit den Hühnern aufstehen solle? Kgomotso lächelte ein dünnes Lächeln. Ich fühlte meine Augen feucht werden, wagte aber nicht, die Tränen fließen zu lassen. Stattdessen drückte ich meinen Arm ganz fest an den von Schwester Lebea, während wir so eng beieinander, Schulter an Schulter, auf dem Hocker saßen, und tat, als würde ich sonst herunterfallen. Wir standen alle zusammen auf. Sie sagte mir, ich solle das Formular zur Ablehnung der Krankenhausbehandlung holen und es unterschreiben. Das tat ich, dann gab ich Kgomotso den Stift. Schwester Lebea schalt mich sofort. »Keinen Stift, Doktor. Holen Sie Tinte für einen Daumenabdruck.« Das tat ich und dankte ihr.

»Natürlich, Doktor.« Mehr sagte sie nicht, zog einen Teebeutel aus ihrer großen Kühltasche und setzte sich, um sich ein Tässchen zu genehmigen.

Kgomotso starb noch am selben Nachmittag, ehe ihre Tante mit dem Möbelpacker zurück war, ehe Schwester Lebea das Geld aus der Sammlung holen, ehe ich ihren Entlassungsbericht fertig schreiben konnte. Sie hätte auch noch warten können. Sterbende sind so selbstsüchtig. Sie hätte warten sollen.

• • •

Kein Mensch hielt es für nötig, mir offen ins Gesicht zu sagen, dass Tshiamo tot war. Stattdessen kam Ma zu mir ins Zimmer, während ich so tat, als schliefe ich, und flüsterte es mir ins Ohr. Als ich sie Monate später deswegen zur Rede stellte, sagte sie, Tante Petunia habe ihr dazu geraten, es sei der beste Zeitpunkt, Kindern schlechte Nachrichten zu überbringen, solange ihr Geist über dem Körper schwebe.

Auch das mailte ich Tshiamo. Ich setzte eine Menge Smileys in die Mail, weil ich wusste, es würde ihn zum Lachen bringen. Er hatte Tante Petunia immer für eine dumme alte Frau gehalten, nur darauf aus, sich die teuren Teller unter den Nagel zu reißen, die Papa bei seinem Auszug für Ma hinterlassen hatte.

. . .

Manchmal spüre ich, wie sich meine Lippen zu einem wütenden Fletschen verziehen und meine Brauen sich tief senken und eine Falte auf meiner Stirn entstehen lassen. Wenn ich mich dabei erwische, versuche ich sofort, das auszubessern, versuche, meine Gesichtsmuskeln zu überreden, sich zu entspannen, und meine Kiefermuskeln, ein wenig locker zu lassen. Wie ich wohl aussehe, wenn mein Gesicht sich zu diesem hässlichen Knoten verzieht? Mein Herz ist so voll von Sorge, dass es überquillt, in meine Blutbahn dringt und selbst noch die Haare vergiftet, die mir aus dem Körper sprießen.

. . .

Heute hat Ma mich angerufen. Sie wollte wissen, ob ich immer noch mit »diesem Mädchen aus Simbabwe« zusammenwohne. Sie will, dass ich das Wochenende zu Hause verbringe und mit ihr auf den Friedhof gehe. Ich habe geschwindelt und gesagt, ich hätte Bereitschaftsdienst.

· · ·

Manchmal, sehr früh am Morgen, wenn ich von einer Doppelschicht heimfahre und mit mir und den nächtlichen Lichtern allein auf der leeren Schnellstraße bin, lasse ich für eine Sekunde das Lenkrad los, trete das Gaspedal durch und überlege mir, ob ich, wenn ich nur schnell genug fahre, vielleicht abheben und wie ein Flugzeug in den Himmel hinaufsteigen kann? Einfach im Dunkel der Nacht verschwinden? Und wenn ich auf der anderen Seite landen würde, wäre Tshiamo dann wohl dort?

· · ·

Das interessiert Dich gar nicht, oder?

Ich weiß, ich weiß. Du hast genug damit zu tun, im Sudan Leben zu retten. Ist ja schon gut.

TEIL 2

Es ist das Herz ein trotzig und verzagtes Ding;
wer kann es ergründen?

Jeremia 17, 9

Gestern Abend in den *Vukani News* ließ Mamokgheti Sesing die Welt wissen, dass ein Mob aus zwanzig Südafrikanern eine Ladenstraße im Besitz einer somalischen Gemeinde im Township Sechaba angezündet hat. Außerdem wurden drei junge somalische Mädchen gesteinigt, und zahllose Familien mussten aus ihren Häusern fliehen. Eine Frau wurde gezeigt, die von der Gruppe verprügelt worden war und jetzt weinend vor der Asche ihres Ladens saß, während ihre Kinder mit großen Augen in die Kamera blickten.

Ich habe sofort Nyasha angerufen, aber sie ging nicht ran. Wahrscheinlich war das ganz gut so, weil ich nämlich gar nicht wusste, was ich ihr sagen sollte. Als ich frühmorgens ins Bad ging, hörte ich, wie sie am Telefon weinte und ihrer Mutter, weit weg in Großbritannien, erzählte, sie habe Angst, in der Öffentlichkeit überhaupt noch den Mund aufzumachen, weil die Leute dann merken könnten, dass sie Ausländerin sei, und ihr vielleicht auch etwas antäten.

Ich war wütend. Wie können wir nur so brutal, so grausam, so unmenschlich sein? Was sind wir bloß für Menschen?

Ich wollte es besser machen. Ich stellte mir den

Wecker und nahm mir vor, Nyasha gleich am nächsten Morgen zu sagen, dass diese Mörder nicht für die normalen Südafrikaner stehen. Das waren Verbrecher, Gangster, Abschaum. Doch schon als mir der Gedanke kam, wusste ich, dass es gelogen war. Ich dachte an Ma, wie sie jedes Mal die Stirn runzelt, wenn ich Nyasha erwähne, und nie von dem Essen probieren will, das sie gekocht hat. Ma – meine kirchentreue, gottesfürchtige, menschenfreundliche Ma.

Ich dachte daran, wie ich selbst im ersten Studienjahr gelacht hatte, als Zanele sie alle als *oorkants* bezeichnete und sich weigerte, mit einer von ihnen das Zimmer zu teilen, weil sie meinte, sie stänken nach Menstruationsblut.

Und so kam es, dass ich ganz unbeteiligt tat, als Nyasha am Morgen in die Küche kam, die Augen verschwollen, die Sklera blutunterlaufen. Ich benahm mich, als wäre es ein ganz normaler Donnerstagmorgen, und stellte mich dumm.

Natürlich schäme ich mich. Aber es ist ja nicht unsere Schuld. Die *Weißen* sind schuld, o Herr. An allem. Sie haben uns beigebracht, uns selbst zu hassen. Sie haben uns so gemacht. Wir waren gar nicht so, bis sie gekommen sind. Und wir wären jetzt nicht so, wenn sie nicht gekommen wären und alles für alle verdorben hätten.

. . .

Den ganzen Tag über loderten im Fernsehen brennende Baracken, brennende Läden und verbrannte Menschen. Auf den Straßen wimmelte es von blutdurstigen Männern, die verlangten, dass alle Ausländer das Land verlassen. Nyasha kam kurz nach mir nach Hause, ging direkt in ihr Zimmer und hat sich seither nicht mehr blicken lassen. Also habe ich allein Nachrichten geschaut, ohne Ton. Sie zeigten Aufnahmen von einem nackten Mann, der von einer aufgebrachten Meute junger Männer über den Boden geschleift wurde, während Blut aus seinem Kopf sprudelte, dann eine Gruppe Polizisten, die Wasser über die Leiche einer älteren Frau gossen. Überall Hämmer, Äxte, Messer, Flaschen, Stangen, Steine, Männer, Frauen, Kinder, Tiere.

Natürlich fällt es schwer, sich das anzusehen. Aber ich musste. Ich musste mich diesem entsetzlichen Etwas stellen, das wir geworden sind.

· · ·

Es wird schlimmer. Die fremdenfeindliche Gewalt breitet sich aus wie ein Buschfeuer. Gestern Nacht, beim Bereitschaftsdienst, brachten die Rettungssanitäter einen ausländischen Staatsbürger, der bei lebendigem Leib angezündet worden war und Verbrennungen dritten Grades an achtzig Prozent seines Körpers erlitten hatte.

Als Nyasha nach Hause kam, sagte sie als Erstes,

sie habe gehört, ich hätte ein Opfer ausländerfeindlicher Gewalt unter meinen Patienten. Sie wollte wissen, auf welcher Station er liege, damit sie ihn besuchen und seine Familie unterstützen könne.

Ich sagte ihr, er sei nicht mein Patient. Er sei schon fertig intubiert zu mir in die Notaufnahme gekommen, ich hätte Infusionslösungen, Antibiotika und ein Analgetikum verschrieben und ihn dann an die Chirurgie überstellt.

»Aber wo liegt er?« Sie ließ nicht locker. »Und wie heißt er?«

Ich erklärte ihr, ich hätte ihn zuletzt auf der Notaufnahme am Beatmungsgerät gesehen, wo er auf die Chirurgen wartete. Sie seien über ihn informiert, aber alle noch im OP beschäftigt gewesen. Ich wisse also nicht, auf welcher Station er schließlich gelandet sei. Wahrscheinlich auf der Intensiv oder im Verbrennungszentrum. An seinen Namen könne ich mich nicht erinnern.

»Du hast ihn einfach da liegen lassen?«, gab sie vorwurfsvoll zurück.

»Ich habe kein Bett auf der Intensiv bekommen, Nyasha«, versuchte ich, mich zu rechtfertigen. »Ich habe in der Chirurgic angerufen und ihn dorthin überwiesen. Aber mit Verbrennungen dritten Grades an achtzig Prozent der Körperfläche ist wahrscheinlich ohnehin nur noch eine unterstützende Behandlung möglich, das weißt du selbst, *mos*, Nyasha.«

»Dann hast du also gar nichts getan?«

»Ich habe kein Bett bekommen, Nyasha. Was hätte ich denn tun sollen?«

»Hast du im Imhotep Academic Hospital angerufen?«

»Natürlich habe ich im Imhotep angerufen«, schwindelte ich. »Du weißt doch, dass die immer voll sind.«

»Dann bist du also einfach wieder ins Bett gegangen?«

»Herrgott, Nyasha, er hatte Verbrennungen dritten Grades an achtzig Prozent der Körperfläche, seine Überlebenschancen waren gering bis nicht vorhanden. Ich habe ihm einen Zugang gelegt, wir haben ihm ein gutes Schmerzmittel und Antibiotika gegeben und ihn dann an die Chirurgie überstellt. Ich bin Ärztin im Praktikum, nicht Jesus. Was in aller Welt hätte ich denn tun sollen?«

»Wie heißt er? Sag mir seinen Namen, dann kann ich wieder ins Krankenhaus fahren und ihn suchen.«

»Ich weiß es nicht mehr, Nyasha. Es war eine wirklich volle Schicht, die Notaufnahme platzte aus allen Nähten. Es waren so viele Patienten, ich kann mich wirklich beim besten Willen nicht erinnern.«

»Du weißt also nicht einmal seinen Namen?«

»Nyasha? Merkst du dir den Namen jedes Patienten, den du in der Notaufnahme behandelst?«

»Dir ist das egal, oder? Für dich ist das nur noch ein Ausländer, noch so ein *kwere-kwere*!«

»Komm schon, Nyasha, sag so was nicht. Du weißt, dass das nicht stimmt.«

»Wo ist die Familie? Wer hat ihn hingebracht? Er wird ja wohl kaum allein gekommen sein.«

»Der Rettungsdienst hat ihn gebracht, Nyasha, aber ich habe nicht gefragt, wo sie ihn gefunden haben. Es tut mir leid, das hätte ich tun sollen, aber ich habe wirklich nicht daran gedacht, nicht zuletzt angesichts der Verbrennungen dritten Grades an achtzig Prozent seines Körpers.«

»Du bist erbärmlich. Ihr seid alle gleich. Lauter beschissene Monster!«

»Nyasha! Das mit den fremdenfeindlichen Angriffen tut mir leid, wirklich, aber es ist nicht fair, das an mir auszulassen. Ich habe nichts falsch gemacht.«

»Nichts falsch gemacht? Du lässt einen hilflosen Mann, der von *deinen* Leuten am ganzen Körper verbrannt wurde und stirbt, in der Notaufnahme liegen, mit einer Infusionsnadel im Arm und ein bisschen Brufen, und sagst mir, du hättest nichts falsch gemacht? Was für eine Sorte Tier bist du eigentlich? Glaubst du, diese Krankenschwestern und Assistenzärzte aus der Chirurgie, die uns Ausländer nicht leiden können, werden sich Mühe geben, den Mann ordentlich zu versorgen, sich ans Telefon hängen und ihm ein Intensiv-Bett besorgen, ihm überhaupt noch eine Chance geben? Warum bist du nicht bei ihm geblieben? Warum hast du dich nicht selbst ans Telefon gehängt? Warum hast du nicht im Hamilton Naki Academic angerufen oder im Mary Malahlela Central Hospital? Warum hast du dir nicht den Chefarzt geben lassen? Was war mit einem Zentralvenenkatheter? Hast du ihn überhaupt kathetert? Wie hast du die ganzen Lösungen überwacht, die du in ihn reingepumpt hast? Sind dir solche Gedanken überhaupt gekommen? Du warst die einzige Chance, die er hatte, aber du bist lieber wieder ins Bett gegangen. Du glaubst, du bist anders, Masechaba, aber ihr seid alle gleich.«

Die Krankenschwestern hatten ihn Maputo genannt, als sie ihn mir übergaben, und ich hatte keine Zeit gehabt nachzuschauen, wie er wirklich hieß. Zeitgleich war eine Bruststichwunde eingeliefert worden, und ich brauchte noch eine Unterschrift für eine gelegte Thoraxdrainage in meinem Behandlungsbuch des Health Professionals Council of South Africa, darum war ich rübergelaufen, um bei diesem Patienten zu assistieren. Natürlich hatte ich Maputo nicht vergessen, aber ich wusste, seine Behandlung würde einen Großteil der Nacht in Anspruch nehmen, also wollte ich die Thoraxdrainage als Erstes erledigen. Als ich wieder bei ihm war, hatte ihm einer der Medizinstudenten schon einen Zugang gelegt und im Imhotep angerufen, um sich nach einem Intensiv-Bett für ihn zu erkundigen, berichtete aber, es sei keines frei. Also habe ich ihm Antibiotika und Analgetika verschrieben und ihn an die Chirurgie überstellt. Aber es war kein Brufen. Ich hätte ihm niemals Brufen gegeben, ich bin doch nicht blöd. Vielleicht hätte ich wirklich selbst im Imhotep anrufen sollen. Vielleicht hätte ich mich ans Telefon hängen und es im Hamilton Naki versuchen sollen, im Mary Malahlela Central Hospital, im Weißen Haus! Vielleicht hätte ich in diesem Fall wirklich besser handeln können. An einen Zentralvenenkatheter habe ich nicht gedacht, und einen normalen Katheter hatte er schon, da bin ich mir ziemlich sicher, vielleicht haben ihn die Schwestern eingesetzt, ich weiß auf jeden Fall, dass ich einen gesehen habe. Aber ich hätte natürlich nach seinem Namen schauen müssen. Ich bin mir sicher, dass ich das getan habe, ich werde wohl kaum »Maputo« auf seine Krankenakte geschrieben haben. Vielleicht hieß er ja auch wirklich Maputo. Ausländer ändern oft ihren Namen, wenn sie nach Südafrika kommen. Mein Gott, ich weiß es nicht. Vielleicht habe ich ihn tatsächlich falsch behandelt, aber nicht, weil er Ausländer war, und Nyashas Vorwurf, ich hätte ihn schlecht behandelt, weil er Ausländer war, lasse ich nicht auf mir sitzen. Das ist Quatsch. Ich muss mir so viel Mist von den Schwestern und den anderen Ärzten anhören, weil ich mit ihr befreundet bin, und von Ma, weil ich mit ihr zusammenwohne. Herrgott, sie nennen mich sogar hinter meinem Rücken *kwere-kwere*-Schätzchen! Was sie da sagt, ist also totaler Quatsch, und ich lasse mir das nicht bieten. Nyasha soll sich zum Teufel scheren!

. . .

Alles läuft rasend schnell aus dem Ruder. Gestern wurde ein nigerianischer Arzt von einer Patientin angespuckt. Laut den anderen Assistenzärzten hat die Patientin gesagt, sie wolle sich nicht von einer Kakerlake behandeln lassen. Viele ausländische Ärzte sagen inzwischen, sie würden sich bei der Arbeit nicht mehr sicher fühlen. Und Nyasha redet immer noch nicht mit mir wegen der Sache mit dem Verbrennungspatienten.

Das ist doch verrückt, o Herr. Das ist alles verrückt. Was ist nur aus uns geworden? Ich habe beschlossen, dass ich etwas unternehmen muss, damit das aufhört. Zumindest muss ich es versuchen.

Ich werde eine Petition aufsetzen. Die drucke ich aus und verteile sie bei den morgendlichen Abteilungsbesprechungen. Ich werde alle anderen Assistenzärzte und -ärztinnen überreden, sie zu unterschreiben, sie im Ärztezimmer auslegen, unter allen Bürotüren durchschieben. Ich werde sie in der Blutbank und im Labor aushängen, damit die Studierenden, die ihre Ergebnisse abholen, sie unterschreiben können, während sie warten. Vielleicht hänge ich sie sogar an die Sicherheitsschleuse am Eingang. Dann können die Leute beim Anmelden auch gleich die Petition unterschreiben. Ich könnte sie auch bei den Anästhesisten im Aufenthaltsraum auslegen, damit sie zwischen zwei Operationen unterschreiben können. Vielleicht auch in der Notaufnahme, wo die Leute warten. Ich könnte die Angehörigen der Patienten und Patientinnen fragen, ob sie unterschreiben wollen. Und falls die Geschäftsführung des Krankenhauses unterzeichnet und die ganze Führungsetage, könnte ich vielleicht sogar die Lokalzeitung anschreiben. Vielleicht schafft die Petition es dann bis ins Gesundheitsministerium, und der Minister kann unterschreiben. Vielleicht kann ich mich auch über die Assistenzarzt-Facebook-Gruppe mit anderen Ärztinnen und Ärzten im Praktikum in Verbindung setzen und sie bitten, sie in anderen Krankenhäusern in Umlauf zu bringen. Vielleicht wird es irgendwann eine landesweite Sache, und der ganze Staat unterschreibt. Dann würde die Welt endlich sehen, dass wir nicht so sind und dass die Schläger, die da draußen herumlaufen und Ausländer umbringen, nicht für die Mehrheit im Land stehen. Vielleicht setzt diese Petition dem Wahnsinn ein Ende.

Aber Nyasha erzähle ich nichts davon. Das will ich ganz alleine machen. Ich will sie überraschen.

Dann wird sie schon sehen, wie lieb ich sie habe, wie anders ich bin, wie sehr mich das alles interessiert.

. . .

O mein Gott, Herr, ich kann selbst gar nicht glauben, wie viele Menschen die Petition unterschrieben haben. Sie wurde dreitausendmal auf Facebook geteilt und hat zehntausend Likes bekommen. Heute Morgen hat mich eine Frau vom Radiosender *SAFM* angerufen, die ein Interview mit mir führen will über das, was wir da machen. Außerdem hat die *Mail & Guardian Online* über mich berichtet, und am Ende des Artikels werden alle Ärzte und Ärztinnen im ganzen Land aufgefordert, sich anzuschließen und gegen den Fremdenhass aufzustehen.

Weißt Du, o Herr, das ist alles wirklich seltsam. Ich wusste ja immer, dass Du eine wichtige Aufgabe für mich hast, aber ich wäre nie darauf gekommen, dass es so etwas ist. Es fühlt sich richtig großartig an, ganz vorn an der Spitze einer guten Bewegung zu sein. Ich kann mich nicht erinnern, wann ich das letzte Mal etwas ganz aus eigener Kraft erreicht habe. Jetzt habe ich meine Bestimmung gefunden. Die *Mail & Guardian Online* beschreibt mich als junge Aktivistin, als Inspiration. Ich hätte mich nie als Aktivistin gesehen, als Inspiration für andere, aber da stand es, und sie haben es gesagt, nicht ich.

Ich habe den Fehler gemacht, Schwester Palesa

von dem Artikel und dem möglichen Radiointerview zu erzählen und davon, dass mich der Erfolg der Petition auf die Idee gebracht hat, einen großen Protestmarsch gegen Fremdenhass zu organisieren. Aber anstatt mir zum Erfolg meiner Initiative zu gratulieren, hat sie mich mit Kritik überschüttet. Ich würde mir jede Menge Ärger einhandeln, meinte sie. Das sei hier schließlich kein reicher Vorort. Die Leute hier litten wirklich, sagte sie, und dafür seien größtenteils die Ausländer verantwortlich.

»Die Menschen können ihre Familien nicht mehr ernähren, Doktor. Die Ausländer fressen alles weg. Wenn es nicht die Nigerianer sind, dann sind es die Somalier. Und wenn es nicht die Somalier sind, dann sind es die Chinesen. Sie müssen jetzt wirklich aufhören mit dieser unsinnigen Petition, sonst verärgern Sie noch ernsthaft jemanden und bekommen das zu spüren. Konzentrieren Sie sich auf Ihre Arbeit. Die Leute hier mögen es nicht, wenn Kinder sich nicht zu benehmen wissen.«

Als ich am Nachmittag nach Hause kam, erzählte ich Nyasha, was Schwester Palesa gesagt hat. Nyasha meinte, das wundere sie nicht. Vielleicht sei es wirklich besser, aufzuhören. Sie wolle nicht, dass mir etwas zustoße.

»Diese Leute spinnen, Masechaba. Und außerdem, ins Radio zu gehen und das alles ist doch nur unnötige Aufmerksamkeit. Das sind hochdiffizile politische Angelegenheiten. Überlass das den echten Aktivisten.«

Ich bin sauer. Da versuche ich einmal, etwas wirklich Gutes zu tun, für etwas einzutreten, an das ich glaube. Und die Leute um mich herum, die mich eigentlich unterstützen, die stolz auf mich sein sollten, erzählen mir, ich solle lieber aufhören, um die Allgemeinheit nicht zu verärgern? Im Ernst? Wer schert sich denn um die Allgemeinheit? Das, was hier passiert, ist falsch, und wenn wir uns dem Falschen nicht entgegenstellen, wer soll es denn dann machen? Man sollte meinen, gerade Nyasha müsste das doch verstehen. Da habe ich endlich ein Anliegen, etwas, wofür es sich aufzustehen lohnt, etwas, in das ich mich verbeißen kann, und Nyasha will es mir wieder wegnehmen? Nein, ich werde das jetzt durchziehen. War es denn nicht Nyasha, die mir den Kopf gewaschen hat, weil ich den Verbrennungspatienten aus Mosambik angeblich vernachlässigt habe? War sie es nicht, die mich beschimpft hat, weil ich nicht mehr gemacht habe? Und jetzt, wo ich endlich mehr mache, hat sie nichts Besseres zu tun, als mich zu entmutigen. Dieselbe Nyasha, die zu Lyrik-Sessions läuft, die afrikanische Präsidenten kritisiert, über deren Staaten sie gar nichts weiß, und ständig darauf beharrt, wir müssten der Vorherrschaft der *Weißen* ein für alle Mal ein Ende setzen, erzählt mir jetzt, ich solle meine hehren Ziele den »echten Aktivisten« überlassen? Ich bin Aktivistin! Das steht in der *Mail & Guardian Online*. Wahrscheinlich ist sie nur neidisch. Scheiß auf Nyasha. Das, was ich tue, ist viel größer als sie, und irgendwann wird sie es mir danken.

TEIL 3

Da dachte ich: Wohlan, ich will sein nicht mehr gedenken und nicht mehr in seinem Namen predigen. Aber es ward in meinem Herzen wie ein brennendes Feuer, in meinen Gebeinen verschlossen, dass ich's nicht leiden konnte und wäre schier bald vergangen.

Jeremia 20, 9

Warum bist Du immer noch da?

. . .

Hau ab!

. . .

Wo warst Du, als es passiert ist? Hast Du zugeschaut? Hat es Dich geschaudert? Hast Du geweint? Hast Du es schon den ganzen Tag gewusst? Als ich mir noch das Gesicht gewaschen und mir die Zähne geputzt, meine Unterwäsche ausgesucht und meine OP-Hose angezogen habe, hast Du da schon gewusst, dass sie später zerfetzt, dass mir die Zunge eingerissen und die Vorderzähne eingeschlagen werden würden?

Hast Du mich bedauert, Gott?

Wie lange hast Du es schon gewusst? Seit vorgestern oder seit vorvorgestern? Seit meinem siebten Geburtstag oder seit dem Tag meiner Geburt? Und die ganze Zeit über, während ich gekichert und gelacht und Kerzen auf dem Geburtstagskuchen ausgeblasen habe, hast Du gewusst, was am Horizont auf mich wartet, und hast nichts gesagt, nichts getan?

Und falls es Dich doch interessiert, denn das behauptest Du ja, hast Du es Dir dann angeschaut? Alles? Von Anfang bis Ende? Mit weit offenen

Augen? Hattest Du keinen Knoten im Magen, keinen Kloß im Hals wegen mir? Wegen mir, Deinem Kind? Du hast Dir angesehen, wie sie mich vergewaltigt haben, und hast nicht mal mit der Wimper gezuckt, nicht einmal das. Du, Gott, hast gesehen, wie sie mich zerreißen, wie sie mich unter sich aufteilen, und hast einfach danebengestanden und zugesehen.

Oder bist Du vielleicht weggelaufen und hast Dich versteckt? Hast Du gar nichts davon mitbekommen? Erst später davon gehört?

Oder warst Du unterwegs, auf Geschäftsreise, woanders Leben retten?

Und jetzt kommst Du an und willst mir helfen? Jetzt, wo es passiert ist, willst Du mich trösten? Das ist wirklich nett von Dir. Wirklich richtig nett.

Hau ab!

. . .

Warum willst Du uns kriechen sehen? Warum müssen wir erst in tausend kleine Teile zerbrechen, ehe Du uns aufkehrst? Warum müssen wir erst zerschellen, ehe Du reagierst? Warum müssen wir um das Offensichtliche beten? War es etwa nicht offensichtlich, dass Du mich retten musstest?

Hau ab!

. . .

Nyasha würde mich auslachen, wenn sie wüsste, dass ich Dir immer noch schreibe.

. . .

Ich kann nicht schlafen.

. . .

Vater unser im Himmel …
    Wie konntest Du das passieren lassen?

. . .

Ruhig bleiben, ruhig atmen, nicht so viel denken.

. . .

O Herr, bitte nimm mich in den Arm. Wenn Du da bist, dann nimm mich bitte in den Arm.

. . .

Ich habe solche Angst.

. . .

Hasst Du mich eigentlich?

. . .

Wer bist Du überhaupt? Wo kommst Du her? Wie soll ich Dir vertrauen, wenn Du keine Heimat hast, kein Volk? Lass mich einfach nur in Ruhe.

. . .

Bitte, Jesus, komm jetzt. Bitte verlass mich nicht.

• • •

Wäre das alles nur ein richtig langer, richtig böser Traum!

• • •

Heute habe ich ein Bad genommen. Ma weinte. Ich habe auch geweint. Ma sagte: »Es wird alles wieder gut.« Ich habe ihr gesagt, sie soll mich nicht anlügen. Da hat Ma noch mehr geweint.

• • •

Könnte ich bloß verschwinden!

• • •

Man sollte meinen, als Herrscher des Universums könntest Du einfach ein großes, feuchtes Tuch nehmen, ein bisschen Putzmittel draufsprühen und das alles wegwaschen. Oder den Reset-Knopf drücken, die Batterien rausnehmen, das Kabel ausstöpseln oder sonst was, irgendwas. Mich in einen tiefen Schlaf versetzen und alles zu einem Traum werden lassen.

Aber das machst Du nicht, oder?

• • •

Ich weiß gar nicht, warum ich überhaupt mit Dir rede. Du antwortest ja nie. Dein Schweigen ist überall. Es ist zäh und verstopft die Luft. Es ist draußen wie drinnen, macht das Atmen schwer, das Glauben schwer.

. . .

Ich habe jeden Tag gebetet. Ich habe JEDEN TAG gebetet. ICH HABE JEDEN TAG GEBETET. ICH BETE JEDEN TAG. ICH BETE JEDEN TAG! Bist Du taub? Warum hörst Du mich nicht? Warum kannst Du mich nicht sehen? Hier stehe ich. Schlag mich nieder, bitte! Ich will sterben.

. . .

Es tut mir leid, o Herr. Kommst Du ein bisschen zu mir unter die Bettdecke? Machst Du das, wenn ich Dich ganz lieb darum bitte? Wenn Du da bist, dann lass mich hier bitte nicht allein.

. . .

Ist es, weil ich bei der Arbeit meinen Rosenkranz nicht getragen habe? Bist Du deshalb sauer auf mich? Ist es, weil ich nicht wählen war? Oder ist es wegen François? Ich habe es ihn nur mit dem Finger machen lassen, o Herr. Mehr haben wir nicht getan. So grausam kannst Du doch nicht sein?

Oder soll das jetzt vielleicht der »Stachel in meinem Fleisch« sein? Das ist kein Stachel, o Herr, das ist ein Schwert!

Womit habe ich das verdient?

• • •

Okay, schon gut. Geh einfach. Geh dahin, wo Du sonst noch gebraucht wirst. Lass mich einfach in Ruhe.

• • •

Heute hat mich Schwester Agnes besucht. Sie hat Scones mitgebracht und eine recycelte Karte. Vorne drauf stand »Happy Birthday«, darunter war ein Kätzchen mit riesigen Zeichentrickaugen abgebildet. Innen hatte sie die Geburtstagsglückwünsche durchgestrichen und »Herzliches Beileid« darübergeschrieben. Sie erzählte, ein paar der anderen Assistenzärzte hätten einen Beschwerdebrief an das Gesundheitsministerium verfasst. Sie hätten ihn durch die Abteilungen gereicht, von einer Morgenbesprechung zur nächsten, und um Unterschriften für den Brief gebeten, der Verbesserungen bei den Sicherheitsvorkehrungen auf dem Krankenhausgelände fordere. Sie meinte, die Krankenhausleitung habe angeordnet, dass nachts jeder Pfefferspray und eine Trillerpfeife bei sich haben müsse. Sie meinte, sie würden täglich für mich beten. Sie meinte, ich solle auch beten, Gott werde mir schon helfen.

Aber wobei, fragte ich mich. Was kann dieser Gott jetzt überhaupt noch für mich tun?

· · ·

Die Besucher kommen in Scharen. Ich fühle mich wie ein Tier im Zoo. Ma meint, sie wollten mir nur ihre Unterstützung zeigen, es sei nicht gut, zu lange allein zu sein. Aber sie nerven mich mit ihren blöden Sprüchen: »Alles wird gut, mach dir keine Sorgen, es wird alles wieder gut.« Woher wollen sie denn wissen, dass alles wieder gut wird? Warum erzählen sie solchen Blödsinn, wenn sie gar keine Beweise dafür haben? Wenn es gar keine Garantie dafür geben kann? »Alles wird wieder gut.« Sie sagen das mit so viel Zuversicht. Lügner! Wo sind ihre Beweise? Alles wird wieder gut? Nein, wird es nicht. Nichts ist gut. Absolut gar nichts.

Wenn die Leute nicht wissen, was sie sagen sollen, sollten sie am besten gar nichts sagen.

· · ·

Vielleicht habe ich nicht richtig gebetet. Vielleicht habe ich nicht lang genug gebetet, nicht sanft genug, nicht fest genug… vielleicht habe ich die falschen Gebete gesprochen, zu viele Gebete, zu vage Gebete… vielleicht waren meine Gebete nicht ehrlich, nicht überzeugend, monoton, langweilig…

Bitte gib mir noch eine zweite Chance. Bring mir

bei, so zu beten, wie Du es willst, dann mache ich das. Ich mache es jeden Tag, zweimal am Tag, den ganzen Tag. Bitte, lass das alles einen bösen Traum gewesen sein. Nimm es hinweg, o Herr, bitte. Bitte.

. . .

Was hat es für einen Sinn, dass wir hier auf Erden sind, wo sich doch alles um den Himmel dreht? Wenn Du hier auf Erden nichts ändern willst, nichts ändern kannst oder es Dich gar nicht interessiert, welchen Sinn hat das dann? Wenn sowieso alles Zufall ist und es nur darum geht, sich bis zum Ende durchzukämpfen, das sowieso irgendwann kommen wird, warum machen wir uns dann die ganze Mühe?

Wenn das hier ohnehin nur vorläufig ist, warum kann ich dann nicht bis zum Unvermeidlichen vorspulen und mich umbringen?

Ich werde mich auch umbringen. Glaubst Du, ich habe Angst? Falsch. Im Augenblick bin ich einfach nur zu schwach, aber wenn ich wieder bei Kräften bin, dann tue ich es, ich bringe mich um. Wirst schon sehen.

. . .

Schickst Du mich wirklich in die Hölle, wenn ich mich umbringe? Wo ich Dich doch so sehr liebe? Wo ich es doch nur tun würde, um Dir näher zu sein?

. . .

Leben ist das Gefährlichste überhaupt. Es kann einem jederzeit alles passieren. Tot sein ist sicherer.

. . .

So sollten die Dinge nicht für mich laufen. Das war nicht der Plan.

. . .

Ich habe es so satt, von Hiob zu hören. Alle Welt will mir von Hiob erzählen. Aber Hiobs Geschichte ist kein Trost. Es ist mir egal, ob sie gut ausgeht. Mir geht es nicht besser davon, wenn ich höre, dass er am Ende alles ersetzt bekommen hat. Manche Dinge kann man eben nicht ersetzen.

. . .

Ma will wissen, ob die Stimmen fort sind. Was für Stimmen? Was für Stimmen? Sie sieht mich an, als hätte sie Angst vor mir. Ich merke, wie sie mich mustert, wenn sie den Flur entlanghastet.

Was für Stimmen, o Herr?

Sie bringt mir die Tageszeitung, dann Obst, dann Zwieback, dann Chips, dann Tee, dann Porridge, dann Brot, dann Erdnüsse. Ich kriege das ganze Essen gar nicht runter, und die Zeitung macht mich nur traurig.

Was für Stimmen?

. . .

Ich blute wieder.

. . .

Mach mich ganz.
    Mach mich ganz.
    Mach mich ganz.
    Heile mich.
    Heile mich.
    Heile mich.
    Bist Du denn nicht der Große Mediziner? Oder
sollen wir auf jemand anderen warten?

. . .

Es ist lange her, seit ich so geblutet habe, seit Serum
und Blutkörperchen an meinen Schenkeln entlang-
getropft sind, tagein, tagaus, bis irgendwann nur
noch Wasser kam. Es ist Jahre her, seit ich solchen
Zorn auf das dysfunktionelle Fleisch in meinem
Becken empfunden habe, Jahre her, dass ich mir mit
der Faust ganz tief in die Scheide fahren und den
Dämon herausreißen wollte.

. . .

Wird das immer so bleiben?

. . .

Ich pinkele jetzt langsam. Nicht mehr schnell, wie
früher, als ich noch jemand war, als ich Dinge zu tun

hatte, als Menschen auf mich warteten. Ich pinkele langsam, damit es nicht brennt. Ich pinkele langsam, weil mein Geist träge ist und sonst nirgends sein muss.

. . .

Manchmal, wenn ich kurz vergesse und ins Stumpfsinnige abdrifte, schreckt mich ein Atem im Nacken auf, ein Atem, so wie der, der mich angeatmet hat, bevor er mich von hinten packte und mir die Beine wegriss. Ich setze zum Schreien an. Ma sagt, es sei nur ein Luftzug, die Türen, die Tore und die Schutzgitter seien allesamt verriegelt, keiner könne mir hier etwas tun. Aber dieser Atem kommt trotzdem irgendwie herein, unter der Tür, zwischen den Gitterstäben hindurch, über das Tor. Ich spüre ihn warm und feucht am Nacken. Ich sage Ma, sie solle aufhören, mir die ganzen Zeitungen zu bringen, und stattdessen lieber die Fenster, die Türen, die Löcher in den Wänden damit ausstopfen. Aber wenn ich solche Sachen sage, wird sie sauer. Sie meint, sie werde nicht zulassen, dass ich mich dem Wahnsinn ergebe.

. . .

Wenn ich merke, dass ich unruhig werde, wenn die Gedanken immer schneller wirbeln und andere drohen, in meinem Kopf eine Diskussion anzuzetteln, dann stecke ich den Kopf unters Kissen und zwinge mich zu schlafen. Schlaf wirkt besser als sämtliche Anxilytika, die Dr. Phakama mir verschreibt, denn wenn ich aufwache, habe ich es vergessen und kann minutenlang, manchmal sogar bis zu einer Stunde, ein leichtes Dasein führen, wie ein Wesen, das ganz frei ist von Sorge.

. . .

Ma meint, im Brief an die Philipper stehe, ich solle mich nicht sorgen, sondern meine Bitten im Gebet und Flehen mit Danksagung vor Gott kundwerden lassen.

Ich bin mir nicht sicher, welche Art Bitten Du da meinst, o Herr, aber ich werde von nun an mit dankbarem Herzen darum beten, Du mögest mir das Leben nehmen.

Amen.

. . .

Kannst Du mich hören? Interessiert Dich das überhaupt?

Hast Du nicht selbst gesagt: »Suchet, so werdet ihr finden; klopfet an, so wird euch aufgetan.« Hast Du das nicht gesagt? Hörst Du mein Klopfen denn nicht? Siehst Du nicht, wie ich suche? Hallo! Ich will sterben!

. . .

Warum mache ich mir überhaupt die Mühe?

· · ·

03:02 … 03:02 … 03:02 …

Was hat diese Nachtzeit an sich, dass sie mich aus dem Schlaf reißt, mir die Lider aufzwingt, meinen Geist wachrüttelt? Es waren drei Männer, und sie haben mich zweigeteilt? Oder waren es dreimal zwei?

03:02 … 03:02 … 03:02 … wieder und wieder.

Schlafen sie, o Herr? Träumen sie von Partys, Luftballons und Picknicks voll lächelnder Gesichter? Oder quälen sie sich, so wie ich? Müssen auch sie gegen das Flüstern, die Bilder, die Schatten ankämpfen, die sich in den Winkeln ihres Geistes verbergen?

· · ·

Wahrscheinlich ist es ungesund, so spät noch wach zu sein.

· · ·

Die Zeit vergeht langsam. Tshiamos alte Uhr ruft aus der Kommodenschublade nach mir.

»*Chronos, Kairos, Chronos, Kairos* …«

Ich habe sie getragen, bis das Armband verschlissen war, dann habe ich sie in der Tasche getragen, bis sie herunterfiel und einen Riss bekam. Jetzt liegt sie in der Kommodenschublade und lässt von Zeit zu Zeit ihre Stimme hören.

· · ·

In der Sonntagsschule hieß es, Du stündest außerhalb aller Zeit, darum habe ich manchmal, während dieser Schichten im Krankenhaus, wenn meine Füße geschwollen, die Augen rot und trocken, die Hände ganz rau vom wiederholten Waschen mit alkoholhaltiger Seife waren, gebetet, Du mögest die dreißig Minuten, die mir blieben, um mich vor der Visite kurz auszuruhen, auf dreißig Tage ausdehnen. Du mögest mir, wenn irgend möglich, die kleine Gefälligkeit erweisen, die Zeit nur ein klein wenig zu dehnen, damit ich mich erholen könnte.

Als ich Nyasha von diesem Gebet erzählte, meinte sie, das sei erstens dumm und zweitens egoistisch.

»Was ist, wenn irgendwo da draußen gerade eine Frau vergewaltigt wird? Die wäre dir sicher nicht dankbar, wenn du ihre dreißig Minuten Grauen auf dreißig Tage verlängerst.«

Dieses Gespräch fiel mir ein, als ich dort reglos auf dem kalten Boden lag, und ich konnte nur hoffen, dass jetzt nicht gerade irgendwo eine blöde Assistenzärztin darum betet, die Zeit anzuhalten.

· · ·

Im Kopf weiß ich, dass dies jetzt der Moment ist, mich Jesus zuzuwenden und mir Frieden zu erbitten. Vielleicht könnte ich dort ja Zuspruch und Trost finden. Aber ich hatte immer schon einen schlechten Orientierungssinn und weiß gar nicht, wo das ist und wie ich dorthin käme.

. . .

Ich habe beschlossen, alle Medikamente abzusetzen. Ich bin müde. Und inzwischen gefällt es mir auch ganz gut, dieses kleine Rinnsal Blut, das da tagein, tagaus aus mir herauströpfelt. Es färbt das Badewasser so hübsch rosa. Manchmal, wenn ein kleines Klümpchen herauskommt, wird das Wasser dunkelbraun.

Der weiche Teil meines Bauchs fühlt sich warm an und kribbelt. Ich bin so schwach, dass ich mich oft setzen muss, damit ich nicht einfach umkippe. Ich mag diese Art von Schmerz, diese Art von Genuss, diese Art von Freiheit, und Dr. Phakamas Medikamente wollten mir das wegnehmen. Aber es gehört mir, es ist schön, und ich will es behalten.

Und das Geflüster im Hintergrund, das ist auch in Ordnung. Es leistet mir Gesellschaft, singt mir Lieder vor und erzählt mir Geschichten, die die Zeit vertreiben helfen. Dein Schweigen war sowieso viel zu laut.

. . .

Ich meine, eine Kakerlake zu sehen, aber wenn ich den Kopf drehe, ist es nur ein Kratzer an der Wand, ein Bonbonpapier auf dem Boden, eine Kerbe in den Kacheln.

· · ·

Morgens sitze ich immer auf dem Bettrand. Ich stelle mir vor, er wäre ein hohes Haus, eine Brücke, ein Felsen, ein Dach, der Balkon eines Wolkenkratzers. Ich male mir aus, wie es wäre, einfach davonzufliegen und auf dem Boden aufzuschlagen.

Wie verliert sich ein Verstand? Zelle für Zelle? Faser für Faser? Und wenn das psychotisch wird, wo bist dann Du? Bist Du mir fern, oder bist Du ganz nah?

Weißt Du noch, dieser Psychiatriepatient von Station 12, der immer am frühen Morgen auf dem Bettrand saß und sang? Alte Kirchenlieder hat er gesungen, den Tag hereingebeten, während sein Verstand in den Pillen ruhte, die er unter dem Kopfkissen versteckt hatte. Er hatte eine richtig schöne Stimme, und ich musste mich oft kurz ins Ärztezimmer zurückziehen, um mich wieder zu fassen, ehe ich meine Visite fortsetzen konnte. An solchen Morgen schien es mir gar nicht so schlecht, wahnsinnig zu sein. Der Wahnsinn erschien mir als willkommene Freiheit von der Schlechtigkeit der Welt. An solchen Morgen fürchtete ich mich nicht mehr ganz so sehr vor den

Rissen, die ich in meiner eigenen Psyche wahrnahm. An solchen Morgen erlaubte ich mir, die Anfälligkeit meiner geistigen Gesundheit etwas entspannter zu sehen.

Er ist nicht lange geblieben. Seine Harnwegsinfektion sprach gut auf die Antibiotika an, und er wurde nach Sweet Rivers zurückgebracht. Am nächsten Morgen lag ein anderer Mann in seinem Bett, ein zorniger Raucher, dem der Kehlkopf entfernt worden war, damit der Krebs nicht bis in die Lunge und den übrigen Körper kroch. Ein launischer, verbitterter Mann, der es anscheinend darauf anlegte, den gelben Schleim aus seiner entzündeten Operationswunde jedem Krankenhausmitarbeiter entgegenzuhusten, der sich näher an ihn heranwagte.

. . .

Ich habe schlecht geträumt. Nyasha war hier, hier im Zimmer, ihre Hände lagen um meinen Hals.

Sie war wütend, sie schrie: »Ihr Südafrikaner, ihr, schau dir nur an, wie fett ihr geworden seid, schau dir an, was ihr für dicke Nacken habt. Ihr seid viel zu bequem geworden. Ihr glaubt, die Lebensmittel gehen niemals aus. Ihr fresst so viel und merkt nicht mal, dass eines Tages alles weg sein wird und ihr euch gegenseitig auffressen müsst!«

Dann kamen die Männer, und sie lachten, verspotteten mich.

»Du magst *kwere-kwere*-Schwänze, was? Aber nur, weil du noch nie einen echten Südafrikaner hattest. Heute machen wir dich zur echten Südafrikanerin.«

Und dann floss das Blut aus mir heraus, zwischen meinen Schenkeln hervor, es strömte, sprudelte, spritzte überall hin. Es bedeckte erst ihre Beine, dann ihre Arme und dann ihre Köpfe, ertränkte sie, ertränkte mich.

· · ·

Wie bringt man seinen Geist an den Gedanken vorbei, die alles zu zerstören drohen? An meinen Beinen sind Flecken, die gehen nicht ab. Beim Baden versuche ich, sie wegzuschrubben, aber sie gehen einfach nicht ab. Ich habe sie Ma gezeigt und ihr erklärt, dass nichts je wieder sein kann wie früher.

Sie meinte, sie sehe nichts, da sei nichts an meinen Beinen, überhaupt nichts. Ich sähe genauso aus wie früher.

Sie meinte, sie wisse, dass ich meine Tabletten nicht nehme. Sie meinte, ich sei doch schon so weit gekommen, sie flehte mich an, mich nicht zu ergeben.

»Wem denn ergeben, Ma?«

»Dem Wahnsinn, Masechaba.«

»Welchem Wahnsinn, Ma?«

»Dem Wahnsinn, Masechaba, dem Wahnsinn, der dir das alles angetan hat. Dem Wahnsinn, der mir mein Kind geraubt hat. Dem Wahnsinn, der dir dein Leben geraubt hat. Dem Wahnsinn, der dich dazu treibt, dich auf einen Eimer zu setzen, dich mit Zeitungen abzuwischen, den Boden und die Wände mit Blut zu beschmieren. Dem Wahnsinn, der dich umbringt, Masechaba. Dem Wahnsinn, der auch mich umbringen wird.«

Sie hat so sehr geweint, o Herr. Ich fühlte mich so schlecht, so schlecht dabei, dass ich ihr – uns allen – so viel Schmerz bereitet habe.

»Es tut mir leid, Ma.«

. . .

Bin ich krank, o Herr? Ist mein Geist krank?

. . .

Wie ist das passiert? Wie konntest Du das passieren lassen?

. . .

Ist es, weil ich nicht zur Wahl gegangen bin? Hatte Nyasha recht?

. . .

Manchmal brüllen sie.

»Müsst ihr denn so laut reden?«, frage ich sie dann. »Müsst ihr so viel Lärm machen? Flüstert doch! Ich höre euch schon. Flüstert doch.«

Aber sie hören nicht auf mich, und das verwirrt mich. Sind sie draußen oder drinnen? Dann stecke ich mir meine Ohrenstöpsel in die Ohren, um sie zu dämpfen.

. . .

Ma meint, wir sollten vielleicht auf den Friedhof gehen und mit Koko und Malome und Mamogolo und Rangwane und Rakgadi und Ntate und Abuti und Gogo und Ousi und Mani sprechen, womöglich könnten sie mir ja helfen. Womöglich könnten sie von ihrem Platz im Himmel aus eingreifen, verhandeln, mit Dir reden, bei Dir für mich bitten. Sie meint, sie selbst wisse nicht, wie sie mir helfen solle, aber sie wüssten es.

Sie meint, vielleicht sei das alles ja passiert, weil ich den Ahnen nichts von meiner Promotion erzählt habe. Ich hätte ihnen nicht erzählt, dass ich jetzt arbeite, ihnen nicht erzählt, wo ich arbeite und dass es dort gefährlich sei, dass ich Vierundzwanzig-Stunden-Schichten übernehmen und darum auch nachts arbeiten müsse. Ma glaubt, das alles beruhe auf einer Fehlkommunikation zwischen mir und dem Ahnenreich, und wenn ich nur geredet hätte, dann hätte sich das alles vermeiden lassen.

Das macht mich wütend. Sind die etwa blöd, meine Ahnen? Sind sie dumm, beschränkt, unterbelichtet? Können sie von ihren himmlischen Höhen aus vielleicht nicht sehen, was hier vor sich geht? Warum muss man ihnen ständig alles erzählen, sie vorwarnen, sie haarklein über alles auf dem Laufenden halten? Wieso muss man diesen Göttern erklären, was sowieso auf der Hand liegt?

Ma meint, so dürfe ich nicht reden. Sie meint, mein Problem sei, dass ich immer so hochnäsig sei und auf niemanden hörte, und mein loses Mundwerk werde mir noch Unglück bringen.

Als sie das sagte, musste ich lachen.

Findet sie etwa, ich hätte bisher Glück gehabt?

· · ·

Es tut mir leid.

Vielleicht ist das ja alles meine Schuld. Ich hätte wählen gehen sollen. Ich hätte diesen *Weißen* nicht an meiner Scheide rumfummeln lassen dürfen. Ich hätte diese Petition nicht aufsetzen dürfen. Ich hätte auf den Friedhof gehen sollen. Ich hätte nicht aufhören dürfen, meine Tabletten zu nehmen. Ich hätte nicht diesen ganzen gotteslästerlichen Mist in mein Tagebuch schreiben dürfen. Ich hätte nicht so aufgekratzt sein dürfen. Man darf im Leben nie zu aufgekratzt sein. Dann passieren nämlich die schlimmen Dinge. Ich war einfach zu glücklich, als ich da mit meiner Petition durch die Gegend rannte. Ich war unkonzentriert. Ich habe lieber von François geträumt, der nicht mal weiß, wie man meinen Namen richtig ausspricht.

Schwester Agnes hat mich gewarnt. »Doktor, warum ziehen Sie sich so hübsch an für die Schicht? So kleiden wir uns nicht für Nachtschichten.«

Schwester Palesa hat mich gewarnt. »Doktor, die Allgemeinheit sieht das mit der Petition nicht gern. Sie verrennen sich da in etwas.«

Aber ich wollte nicht hören. Ich musste mich für die Arbeit hübsch anziehen, weil die Leute mich wegen der Presseberichte über die Kampagne gegen Fremdenfeindlichkeit immer häufiger erkannten. Dabei hätte ich auf sie hören sollen. Ich hätte ruhiger, zurückhaltender sein sollen, bedächtiger, konzentrierter. Ich war viel zu aufgekratzt. Darum haben diese Männer mich vergewaltigt.

· · ·

Von Zeit zu Zeit sehe ich ihre Gesichter. Den mit dem gestreiften T-Shirt, das über dem Bauch spannte. Dann kneife ich instinktiv die Augen zu und hoffe, dass die Tränen mir diese Bilder aus dem Kopf waschen.

Seid stille und erkennet, dass ich GOTT bin.
Seid stille und erkennet, dass ich GOTT bin.
Seid stille und erkennet, dass ich GOTT bin.

Ich flüstere die Worte in die Nacht. Sie fallen mir von den Lippen, doch mein Herz bekommt nichts davon mit.

· · ·

Es gibt keinen Wortschatz für den Schmerz, den ich empfinde. Wie soll ich einen Satz bilden, der ausdrückt, dass sie mich zur bloßen Hülle meiner selbst gemacht haben? Nicht zu etwas »wie« einer Hülle meiner selbst, sondern zu einer echten Hülle? Wie soll ich erklären, dass das, was sie mir geraubt haben, mehr ist als bloß meine »Weiblichkeit« oder was die Leute sonst noch an herablassendem Zeug reden, sondern etwas, das sich nicht mehr wiederfinden lässt, wenn man es einmal verloren hat, weil es keinen Namen dafür gibt? Wie soll ich erklären, dass die Sprachen, die mir zur Verfügung stehen, den Aufruhr in mir nicht vermitteln können? Dass sie mir mehr geraubt haben als meine »Würde«, dass es mehr war als bloße »Gewalt«, der sie mich ausgesetzt haben? Dass es besser gewesen wäre, zu sterben, als so ausgehöhlt zurückzubleiben?

• • •

Heute waren wir wieder bei Dr. Phakama. Ich sah, wie sie sich notierte, ich sei »zu sehr auf innere Reize konzentriert«. Sie hat geglaubt, ich sähe das nicht, weil sie nicht daran gedacht hat, dass auch ich eine medizinische Ausbildung habe. Sie erklärte mir, eine schwere Depression könne in eine Psychose münden, es sei wichtig, dass ich meine Medikamente nehme.

Ich hätte ihr gern gesagt, dass sie falschliegt, dass

mein Geist schon lange, lange vor all diesen Ereignissen porös geworden war, lange, bevor mich François auf der Weihnachtsfeier ermuntert hat, den Stinkekäse zu probieren, lange, bevor ich so tat, als schmecke mir der Dreck, damit er mich für kultiviert hielt. Lange, bevor ich mit Blut bezahlen musste.

Aber sie ließ mich nicht zu Wort kommen.

Sie erklärte mir, wie wichtig es sei, aufzustehen, wieder die Dinge zu tun, die mir früher Spaß gemacht hätten, mir mein altes Leben zurückzuerobern.

»Ihre Mutter sagt, Sie hätten so schöne Gedichte geschrieben. Wollen Sie damit nicht wieder anfangen? Vielleicht könnten Sie über das schreiben, was passiert ist, über diese schwierige Zeit. Vielleicht hilft Ihnen das ja. Womöglich stellen Sie dann fest, dass diese ganze schwere Zeit in Wahrheit ein Segen ist.«

Ein Segen? Der versteckt sich aber wirklich ungewöhnlich raffiniert! So ein spektakuläres Täuschungsmanöver!

Ma meint, wir müssten Dr. Phakama eine Chance geben, es sei ja schließlich erst die zweite Sitzung gewesen, und solche Therapiesachen bräuchten Zeit. Sie meint, Dr. Phakama sei gar nicht herablassend, sie wolle nur nett sein. Ich dürfe nicht so böse werden, die Leute nicht immer so schnell abschreiben. Ich müsse auch gesund werden wollen. Die Leute wollten mir doch helfen, aber ich müsse schon auch wollen, dass man mir hilft.

. . .

Ma hat recht.

Kein guter Christ würde diesen Verlust so betrauern, wie ich das tue. Schließlich geht es doch nur um Fleisch. Es war nur ein Penis, mehrere Penisse, die in eine Öffnung eingedrungen sind, für die der Mensch die Bezeichnung Scheide gefunden hat. Sie besteht aus nichts als Muskeln, Blutgefäßen, Nerven, Schleim. Sie denkt nicht, sie merkt sich nichts, im Grunde empfindet sie nicht einmal, zumindest nicht im aufgeklärten Sinn. Sie reagiert bloß auf Stöße und Schwingungen. Mein Herz schlägt noch, meine Lunge füllt sich mit Luft, ich kann alle Glieder bestens bewegen. Warum also fühle ich mich so hohl? Warum gefriert mir das Blut? Warum steigt es mir sauer die Kehle hoch, während meine Eingeweide Richtung Boden sinken?

. . .

Als der Bischof damals unsere Kirche besuchte, sagte er in seiner Predigt, wir sollten an nichts festhalten, weder an unseren Erfolgen noch an unserer Gesundheit, unserer Schönheit, unserer Intelligenz, nicht einmal an den Menschen, die wir liebten. An keinem Ding, nur an Gott. Ich hielt diesen Bischof für verrückt. Nicht einmal an den Menschen, die wir lieben?

Als Papa noch bei uns wohnte, sagte er oft: »Was redest du bloß so viel? Du bist zu selbstbewusst für eine junge Dame. Sei bescheiden, sei still, lass es auch mal gut sein.«

Wenn ich den Patienten zu erklären versuchte, warum Fremdenfeindlichkeit falsch ist, sagte Schwester Agnes immer: »*Mara*, Doktor, *wena le dilo tše tša gago, tlogela man! O tlo ipakela mathata.*«

Aber ich wollte nicht hören. Nie habe ich auf irgendwen gehört, nicht einmal auf den Bischof. Immer viel zu aufgekratzt. Ich habe zu sehr festgehalten. Hätte ich nur ein wenig locker gelassen, sie einfach eindringen lassen, dann hätten sie mich vielleicht nicht geschlagen, und vielleicht hätte es auch nicht so lange gedauert.

· · ·

Heute hat uns Father Joshua wieder besucht. Er salbte mir die Stirn, verspritzte Weihwasser in meinem Zimmer. Ich habe ihm erzählt, was passiert ist, alles, von Anfang bis Ende, ich habe ihm nichts erspart. Ich wollte, dass er jedes blutige Detail hört, um zu sehen, wie sein Glaube das verkraftet. Er hat für mich gebetet, er hat für die Männer gebetet, die mich vergewaltigt haben und Dich gebeten, ihnen zu vergeben, »*denn sie wissen nicht, was sie tun*«.

Ich sprach kein Amen am Ende dieses Gebets. Ich will nicht, dass Du ihnen vergibst. Sie wussten sehr genau, was sie taten. Wenn ich sterbe und in den Himmel komme, dann will ich sie dort nicht sehen müssen, ich will mich nicht mit ihnen abgeben müssen. Das ist kein Himmel, in dem ich sein will.

· · ·

Vielleicht würde ich mich ja mit alldem ein wenig besser fühlen, wenn sie betrunken gewesen wären. Aber das waren sie nicht. Da war keine Spur von Alkohol an ihren Zungen. Das weiß ich, weil ich ihre Zungen im Mund hatte, ihren Speichel in der Kehle. Sie waren nüchtern, ihr Kopf so klar wie der helle Tag. Sie wussten sehr genau, was sie taten, und sie haben es mit so viel Leidenschaft getan. So sehr hassten sie mich. Es lag in ihren Augen, in ihrem Atem. Ich spürte es an ihrer Haut. Sie waren böse auf mich. Sie sagten, ich sei eine Enttäuschung, statt meinem eigenen Volk zu helfen, würde ich mich mit *kwere-kwere* abgeben, mit genau den *kwere-kwere*, die unser Land zerstörten, uns unsere Stellen wegnähmen, unsere Gelder aufbrauchten. Wegen dieser Leute würden ihre Kinder verhungern, und ich machte das alles nur noch schlimmer. Dummen, verwöhnten Kindern wie mir müsse man eine Lektion erteilen, damit alle anderen sähen, dass die Allgemeinheit nicht zögere, Verräter zur Raison zu bringen. Sie sagten, ich könne noch froh sein, dass sie kein *Necklacing* anwendeten, mir keinen brennenden Autoreifen um den Hals legten, wie man das während der Apartheid mit meinesgleichen gemacht habe.

Hätten sie das doch getan! Hätten sie mich doch einfach umgebracht!

. . .

Ich weiß noch, wie ich hinterher in die Notaufnahme kam und flüsterte: »Schwester.«

Keine reagierte. Nicht eine hob den Kopf und sah, dass mein Hemd zerrissen, meine Lippen aufgeplatzt, beide Augen blau geschlagen und die Hose dreckig und blutig war. Ich versuchte es noch einmal. »Schwester.«

Doch Schwester Palesa deutete nur auf mein Fach, ohne aufzusehen, und meinte, es sei voller Patienten, ich müsse schneller arbeiten.

Ich konnte mich nicht mehr an den Text der Kirchenlieder erinnern, die mich früher immer aufgeheitert hatten, wenn Nyasha und ich zur Arbeit fuhren, die mich durch die langen Nachtdienste gebracht und mir geholfen hatten, wenn Gott mir fern schien. Die Lieder, die Nyasha albern fand, derentwegen es ihr peinlich war, mit mir gesehen zu werden. Die Lieder, die Ma als *Weißen*-Musik bezeichnete.

Während ich auf die Toilette ging, um mir das Gesicht zu waschen, während ich mir mit feuchtem Toilettenpapier den Dreck von der Hose wischte, während ich die Patientenakten aus meinem Fach nahm, während mir das Blut am Bein entlangrann, versuchte ich, sie zu singen. Ich wollte mir die Worte aus dem Mund zwingen, aber es kam nur ein stummer Schrei heraus.

»*Auf meinen lieben Gott trau ich in Angst und Not… Auf meinen lieben Gott trau ich in Angst und Not… Auf meinen lieben Gott trau ich in Angst und Not… Auf meinen lieben Gott…*«

Ich wollte Gottes Lob singen, es herausbrüllen, allen Umständen zum Trotz, doch meine Zunge weigerte sich.

»*Auf meinen lieben Gott… Auf meinen lieben Gott… Auf meinen lieben Gott…*«

Als ich das alles Dr. Phakama erzählte, meinte sie, ich müsse wohl in der ersten Trauerphase gewesen sein. Durch eine Vergewaltigung, meinte sie, erleide man den Verlust seines alten Ichs, da sei es normal und wichtig zu trauern. Sie erklärte mir, es gebe fünf Phasen der Trauer: Leugnen, Zorn, Verhandeln, Depression und Akzeptanz, und mein Wunsch, direkt, nachdem ich vergewaltigt worden war, Gottes Lob zu singen, sei das klassische Beispiel für eine extreme Form des Leugnens.

Leugnen.

Leugnen.

Leugnen.

Seltsames Wort. Die Weigerung, die Wahrheit anzuerkennen.

Wessen Wahrheit?

. . .

Es spielte keine Rolle, wie klug, wie umsichtig, wie diszipliniert ich war. Und ich war so diszipliniert! Gut, gelegentlich habe ich ein bisschen was getrunken, gut, bei der Weihnachtsfeier war ich auch mal richtig betrunken, aber das war schon alles. Ich habe nie im Leben einen Joint geraucht, nie Drogen genommen und keinen Sex mit François gehabt, obwohl ich gekonnt, obwohl ich gewollt hätte. Ich habe es ins Medizinstudium geschafft. Ich habe ununterbrochen gelernt. Ich habe hart gearbeitet. Ich habe gebetet. Weiß Gott, ich habe gebetet! Ich habe Sport gemacht, mir die Hände desinfiziert, ich hatte sogar immer antibakterielle Feuchttücher in der Handtasche. Ich war umsichtig, ich habe alles richtig gemacht. Doch der Boden ist unter mir eingebrochen, und ich fiel, dann stürzte der Himmel ein und dann das ganze Universum, es zerquetschte mich, den Himmel, den Boden... und immer noch weiß ich nicht einmal, warum.

. . .

Ich muss an die Krankenschwester aus *Der englische Patient* denken. Vielleicht hätte ich mich so um meine Patienten kümmern müssen wie sie sich um ihren? Aber auch sie ist zu ihm ins Bett geschlüpft. Ist es also möglich, sie zu lieben und sie gleichzeitig dort zu lassen? Ist es möglich, sie zu lieben, ohne dass sie sich einem ins Herz graben? Hat ein Herz wirklich Platz für all ihren Schmerz (und den eigenen), für ihre gebrochenen Knochen (und die eigene zerborstene Seele), für ihr Unbehagen (und die eigene Scham)?

. . .

Ich werde von den Gesichtern der Patienten verfolgt, die ich vernachlässigt, nur so durchgepeitscht habe, an denen ich vorbeigegangen bin, die ich ignoriert habe. Diese Gesichter rufen mir jeden Tag ins Gedächtnis, dass ich nur bekommen habe, was ich verdiene.

. . .

Die Sitzungen bei Dr. Phakama sind Zeitverschwendung. Sie will, dass ich Entspannungsübungen mache. Sie zwingt mich, mit geschlossenen Augen dazusitzen, während sie von einem Blatt abliest, ich solle mir vorstellen, allein durch den Park zu gehen. »Such dir einen stillen Ort, wo sonst kein Mensch ist«, liest sie, »wo du ganz allein bist, wo dich niemand sehen kann und du niemanden siehst. Such dir einen Baum, einen großen, hohen Baum, setz dich, schließe die Augen und lehne den Kopf an seinen Stamm.«

Spinnt die? Was soll denn an der Vorstellung entspannend sein, ganz allein in einem riesigen, menschenleeren Park hinter einem Baum zu sitzen?

Als ich ihr das gesagt habe, meinte sie, ich solle meine Fantasie spielen lassen.

Weiß der Himmel, wo sie sich das runtergeladen hat. Vielleicht hat sie es ja auch als Studentin von einem Gastdozenten bekommen und benutzt es seither, ganz fantasielos. Aber an welchem Ort auf Erden kann so eine Technik hilfreich sein? Vielleicht gehen ja irgendwo in Europa die Frauen in große, leere Parks und setzen sich mit geschlossenen Augen hinter einen Baum, um sich zu entspannen.

. . .

Ich wünschte, ich könnte in mich hineinschauen und sehen, ob irgendwas kaputt ist. Wenn ich mich richtig erinnere, ist die Scheide innen mit einer schuppigen Schleimhaut ausgekleidet, so wie der Mund, die dürfte also schnell geheilt sein. Aber vielleicht auch nicht. Vielleicht ist sie ja schwer verletzt und fault, so wie das nekrotische Gewebe am Gebärmutterhals nach einer verpfuschten Abtreibung.

. . .

»Ich wurde vergewaltigt.«

Dr. Phakama will, dass ich es ausspreche. Sie meint, das würde helfen. Sie meint, indem ich es in die Vergangenheitsform setze, könne ich es auch überwinden.

Aber wenn es das eigene Leben ist und man es lebt, dann lässt sich diese Grenze so klar nicht ziehen. Selbst jetzt werde ich immer noch vergewaltigt, auch wenn es nicht real geschieht. Ich kann nicht sagen, wo das eine aufhört und das andere anfängt. Ich werde vergewaltigt.

. . .

Wie zähflüssig unser Blut sein muss! Es trägt so vieles in sich. Immer und immer wieder wirbeln Geschichten durch unsere Adern, zigmal am Tag, bis in unser Herz hinein. Geschichten von Männern in Städten, Männern in Männern, Männern in Frauen, Frauen in Männern, Kindern in Frauen, Männern in Kindern. Fremde, die einander in den Blutgefäßen sitzen, Nähe teilen, Schmerzen teilen, Hass, Abneigung, Verlust.

Wer sind diese Terroristen, die in mein Blut eingefallen sind, meinen Körper übernommen haben?

. . .

Heute Nachmittag kam Ma triumphierend nach Hause. Sie war in der Wohnung gewesen, um sich zu überzeugen, dass der Strom abgestellt war, und allem Anschein nach ist Nyasha ausgezogen. »Zumindest ein Gutes hat das ganze Fiasko. Du bist dieses Mädchen aus Simbabwe endlich los.«

Als ich von Ma wissen wollte, warum Nyasha mich nicht besucht habe, meinte sie, wahrscheinlich sei Nyasha immer noch sauer auf mich, weil ich auf sie eingestochen hätte, nachdem das Hackfleisch angebrannt sei, aber wer wisse schon, was in solchen Ausländern vorgeht? Und als ich wissen wollte, was sie meine, was denn für Hackfleisch, sagte sie, ich solle mir nicht den Kopf zerbrechen, ich solle mich einfach ausruhen und »nicht mehr an dieses Mädchen denken«.

Eingestochen? Habe ich wirklich auf Nyasha eingestochen, o Herr?

* * *

»Schwere Depression mit psychotischen Zügen. Da kommt so etwas vor, Masechaba, vor allem bei Ihrer Familiengeschichte. Sie waren besonders anfällig. Sie sind auch jetzt noch nicht gesund, aber es wird besser werden. Keiner kann Ihnen die Taten vorwerfen, die von einem kranken Geist begangen wurden, und Sie dürfen sich auch selbst keine Vorwürfe deswegen machen. Ich bin mir sicher, Ihre Freundin versteht das, und nach allem, was ich von Ihrer Mutter weiß, war es auch gar kein richtiger Stich, eher ein kleiner

Schnitt und gar nicht besonders tief. So etwas passiert den Besten unter uns. Nehmen Sie weiter Ihre Medikamente, dann geht es Ihnen bald besser.«

Dr. Phakama hält sich wohl für eine Art Prophetin. Was weiß sie schon von meiner Familiengeschichte? Wie kann sie es wagen, Tshiamo gegen mich zu verwenden? Das hat überhaupt nichts mit ihm zu tun. Ich bin kein bisschen wie Tshiamo.

Und dann hat sie auch noch die Stirn, mir zu erzählen, es gebe einen Blog für Frauen wie mich, die Opfer einer Gruppenvergewaltigung geworden sind. »Korrekturvergewaltigung«, wie sie das nennt, eine Vergewaltigung, die etwas korrigieren soll, was in der jeweiligen Gesellschaft als verabscheuenswertes Verhalten gilt. Sie sagt, in unserer Gesellschaft hätten viele etwas gegen Fremde, und die Männer, von denen ich vergewaltigt wurde, hätten mein Verhalten wohl als Bedrohung der gesellschaftlichen Norm empfunden und es für ihre Pflicht gehalten, mich zu korrigieren. Sie meinte, man kenne so etwas aus der schwul-lesbischen Community, sie habe aber noch nie erlebt, dass im Kontext fremdenfeindlicher Gewalt davon berichtet wurde. Sie meinte, es könne helfen, wenn ich zu verstehen versuchte, was die Männer dazu bewogen hat. Es werde mir bei der Heilung helfen. Sie habe sich überlegt, wir könnten doch gemeinsam einen wissenschaftlichen Aufsatz zu dem Thema schreiben, falls ich mir das zutraute.

Natürlich würde sie dabei als Hauptautorin fungieren, es sei ja ihre Idee gewesen. Aber ich würde auch Erwähnung finden.

Am liebsten hätte ich ihr gesagt, sie könne mich mal. Aber das habe ich nicht gesagt. Ich habe nur beschlossen, nie wieder einen Fuß in ihre Praxis zu setzen.

. . .

Wie soll man da nicht den Verstand verlieren? Wieder und wieder reißen sie einen auf, rammen sich wieder und wieder in einen hinein. Lassen einen mit Krankheiten, Warzen, Würmern, Pickeln, Schmerzen zurück, mit Blut und Fäulnis, die aus dem eigenen Körper kommt. Dem eigenen Körper! Warum? Wegen der Goldbergwerke, sagen sie, wegen der Holländer, weil sie irgendwann von irgendwem bestohlen wurden, weil sie nie einen Vater hatten, wegen Simbabwe und Shaka Zulu und der Regierung, wegen der Fremdenfeindlichkeit, der Arbeitslosigkeit, der Apartheid, des Kolonialismus, wegen der Geschichte, wegen der Schlange, wegen Adam und Eva. Wegen allem und jedem. Weil sie es können.

Darum eben.

Das ist das Problem, wenn man weiß, wenn man weiß und doch nicht weiß, zu viel weiß, aber doch nicht genug, um wirklich zu begreifen. Ganze Netze aus Lügen und Aberlügen. Die Geschichte ist eine

Schwindlerin; die Geschichtsschreiber verändern die Ereignisse so, dass sie zur Zeit (ihrer Zeit!) passen, und Erinnerungen sind schwach und unzuverlässig. Und die Wahrheit? Bleibt jedermann selbst überlassen. Und die Frau? Ist die Erste unter den Narren.

. . .

Heute habe ich Tshiamos Handynummer gewählt, um ihm zu erzählen, was Dr. Phakama gesagt hat. Dass wir eine Familie von Wahnsinnigen sind, er, ich, Papa, Ma, wir alle. Dass ich Opfer einer Korrekturvergewaltigung geworden bin. Dass ich mich im Park mit geschlossenen Augen hinter einen Baum setzen soll, damit es mir wieder besser geht.

»Hallo, hier ist Tshiamo Lebea. Ich kann den Anruf gerade nicht selbst entgegennehmen. Bitte hinterlassen Sie eine Nachricht, ich rufe so bald wie möglich zurück.«

Tshiamo war immer schon ein Lügner. Keine Ahnung, warum die MTN seine Mailbox nach fast zwei Jahren immer noch nicht abgeschaltet hat.

»So bald wie möglich.« Wie oft hat er das schon zu mir gesagt? »So bald wie möglich.« Eine Nachricht nach der anderen habe ich ihm auf dem Handy hinterlassen, und es war nie »so bald wie möglich«. Das wird es auch niemals sein.

. . .

Ma hat Dr. Phakama angerufen und ihr erzählt, sie habe mich dabei erwischt, wie ich versuche, meinen »toten Bruder anzurufen«. Sie regt sich auf, weil ich nicht mehr zu Dr. Phakama gehen will, und meint, wenn ich weiter so schwierig sei, müsse sie mich nach Sweet Rivers zwangseinweisen lassen. Als ich schwieg, fing sie an zu weinen. Sie sagte, sie könne nicht noch ein Kind an den Wahnsinn verlieren. Das Problem bei mir sei, dass ich glaubte, alles zu wissen, und deshalb auf niemanden hören wolle.

Was sagt man denn auf so was? Wenn man sich verteidigt, liefert man ihr ja nur den Beweis für das, was sie sowieso schon denkt.

Vielleicht hat sie ja recht. Vielleicht glaube ich wirklich, alles zu wissen.

Das ganze Erklären geht mir auf den Geist. Dr. Phakama will ständig eine Erklärung; alles, was ich sage, muss erklärt werden. Warum dies? Warum das? Warum muss ich ständig alles erklären? Warum können die Leute nicht anerkennen, dass manche Dinge eben nicht zu erklären sind? Zum Beispiel, dass schon die ganze Woche über Glocken schlagen, nicht gleichzeitig und nicht einmal gleich lang, sie schlagen einfach nur, in irgendwelchen abgelegenen Kirchen oder vielleicht auch nur in meinem Kopf. Warum riecht Essig so stark, schmeckt dann aber nur ganz schwach, so dass ich immer mehr und mehr davon nehmen muss, bis meine Fish and Chips auf dem Teller schwimmen, und ihn dann doch vom Teelöffel trinken muss, um überhaupt etwas zu schmecken?

Ich bin nicht wahnsinnig. Ich bin nur müde.

. . .

Laut Dr. Phakama sind meine Gene schon mein ganzes Leben lang vor der psychischen Krankheit auf der Flucht. Vielleicht hat sie mich ja jetzt endlich eingeholt.

. . .

Arme Ma: erst Tshiamo, dann ich. Tshiamo war ein Blödmann. Er hatte gar keinen guten Grund. Was hat ihn denn eigentlich so gequält? Warum konnte er sich nicht zusammenreißen und es irgendwie hinkriegen, so wie wir anderen auch? Vielleicht wäre das alles gar nicht passiert, wenn er noch da wäre.

. . .

Ein Glück, dass Tshiamo tot ist. Das mit der Vergewaltigung hätte ihn umgebracht. Sein Herz war immer viel zu klein. Es gab nur Platz für seine eigenen Probleme darin, nicht für die der anderen. Außerdem würde ich auch gar nicht wollen, dass Tshiamo Mitleid mit mir hat. Niemand soll Mitleid mit mir haben.

. . .

O Herr, da ist so viel Schmerz in meinem Herzen. Wenn Du ihn einfach mal für mich halten könntest, nur ein kleines Weilchen, damit meine erschöpfte Seele Ruhe finden und mein müder Körper sich erholen kann.

. . .

Ist es, weil ich sonntags gearbeitet und den Sabbat nicht geehrt habe? Weil ich eines Deiner Zehn Gebote gebrochen habe? Mir blieb nichts anderes übrig. Der Schichtplan war geschrieben, die Schichten mussten gemacht werden. Wer bin ich denn, sonntags nicht zu arbeiten, wenn alle anderen es tun? Jesu Jünger haben am Sabbat Ähren gerupft, und Er hat sie verteidigt. Warum hat Er dann mich nicht verteidigt? Bin ich nicht gut genug? Du sagst, Du liebst uns alle gleich, aber das tust Du nicht, Du liebst andere anders. Du liebst andere mehr. Warum verteidigst Du mich nicht, Jesus?

. . .

Heute Morgen habe ich in den Spiegel geschaut. Ich habe mich davor gestellt, das Handtuch zu meinen Füßen, um zu sehen, was mir angetan wurde. Mein Körper sieht aus wie immer. Ich habe immer noch diesen komisch verformten Nagel am linken kleinen Zeh, wie ein poröser Stein, auf dem kein Nagellack hält. Meine Augen sehen aus wie immer.

Ich glaube, ich habe Augenringe, aber die waren vielleicht auch schon vorher da. Ich kann keinen Schorf, keine Prellungen erkennen. Die Flecken, die ich immer zu sehen glaubte, sind anscheinend verschwunden. Leichte Krämpfe habe ich, aber die können auch prämenstruell sein. Ansonsten sehe ich genauso aus wie immer. Wenn ich nichts sage, würde keiner etwas merken.

. . .

Wenn ich wenigstens eine Art Heldin geworden wäre, eine Art Märtyrerin, wenn ich wenigstens in den Nachrichten käme und interviewt würde, wenn ich wenigstens ein Buch schreiben würde, das die Leute beim Lesen zum Weinen bringt, wenn die UN mich wenigstens zur Botschafterin ernennen oder das Nobel-Komitee mir einen Preis verleihen würde… Aber nichts dergleichen ist passiert. Die Welt hat nichts davon gemerkt. Sie hat sich einfach weitergedreht. Die Leute sind weiter am Morgen ins Auto gestiegen und zur Arbeit gefahren. Sie haben weiter eingekauft, gegessen, gelacht, geliebt, gespielt und Wein getrunken. Während mein Fleisch erst zwei-, dann vier-, dann achtgeteilt wurde, haben andere geheiratet, eine Beförderung bekommen, Preise gewonnen.

. . .

Ma kam mit neuen Ideen aus der Kirche zurück. Sie meint, wir dürften das Böse nicht unterschätzen. Der Teufel schlafe nicht. Er sei heute noch genauso aktiv wie während der Apartheid. Sie meint, er habe nur gelernt, sich besser zu verstecken. Er setze sich Masken auf, damit wir ihn nicht mehr so leicht erkennen wie früher. Selbst Menschen, die uns wie Freunde erschienen, nutzten womöglich die Tücken des Teufels, um uns zu nehmen, was Gott uns geschenkt hat. Deshalb dürften wir nie unterschätzen, wie neidisch unsere Erfolge andere vielleicht machten. Selbst Menschen, von denen wir glaubten, dass sie uns liebten, selbst Freunde, selbst unsere allerbesten Freunde. Sie könnten uns täuschen, unser Leben mit einem Fluch belegen und uns unsere Freude rauben.

»Ma«, sage ich, weil mir klar ist, worauf das hinausläuft. »Nyasha hat mit alldem nichts zu tun.«

»Ich meine ja auch nur, Masechaba, dass du in Zukunft mit solchen Ausländern vorsichtiger sein musst. Ich weiß, du hast ein großes Herz, und sie tun dir leid, aber das sind einfach keine Menschen wie wir. Du glaubst, sie zu kennen, aber wie willst du sie jemals richtig kennen, wenn du nicht in ihrem Land gelebt und gesehen hast, wie es bei ihnen zugeht? Was wir haben, das haben wir uns erkämpft. Dreihundert Jahre lang haben wir gegen die Kolonisatoren gekämpft, Masechaba. Und als hätte das noch nicht gereicht, mussten wir dann noch einmal fünfzig Jahre gegen die Buren kämpfen. Und jetzt kommen solche Leute und wollen uns die Früchte unserer Mühen rauben? Glaubst du, dieses Mädchen hat es gern gesehen, wie leicht dir alles gefallen ist? Sie musste Sonderprüfungen schreiben und jahrelang im Verwaltungsbereich arbeiten, während du Karriere gemacht hast. Ist doch klar, dass sie da zornig wird. Vielleicht war sie ja so zornig, dass sie diese Männer zu dem angestiftet hat, was sie dir angetan haben.«

Ma braucht eine Begründung. Das kann ich ihr nicht vorwerfen. Ich bräuchte ja auch eine. Etwas, das dieser Sinnlosigkeit einen Sinn gibt, etwas, auf das sich der Schmerz werfen lässt.

»Gut, Ma. Ich werde nicht mehr mit Nyasha reden. Ich werde nicht mehr mit ihr befreundet sein.«

Das war nicht einmal ganz gelogen. Seit dem Hackfleischvorfall hatte ich nichts mehr von Nyasha gehört, und ich vermutete, dass unsere Freundschaft mit der angeblichen Messerstecherei gestorben war. Wahrscheinlich hätte ich sie anrufen und mich entschuldigen sollen, aber ich war krank und hatte genug mit meinem eigenen Mist zu tun. Ma meinte, sie glaube nicht, dass Nyasha schwer verletzt gewesen sei. Und außerdem bin ja schließlich ich vergewaltigt worden, verdammt nochmal, wenn also jemand moralische Unterstützung gebraucht hätte, dann ich.

. . .

Als ich in der Nacht, der »Vergewaltigungsnacht«, wie Dr. Phakama mich immer zwingen wollte zu sagen, in unsere Wohnung zurückkam, da meinte Nyasha, ich solle niemandem erzählen, was passiert sei. Sie meinte, das würde den *Weißen* nur noch mehr Munition geben, uns niederzumachen und zu sagen: »Seht ihr, wir haben euch immer schon gesagt, eure Leute sind Tiere.« Sie meinte, die Polizei werde sich schon darum kümmern und ich solle nicht zulassen, dass die *weißen* Ärzte mich mit ihrem Selbstmitleid ansteckten. Sie meinte, unser Land sei eben noch dabei, zu wachsen und sich anzupassen, und mit der Zeit werde sich das alles beruhigen. Sie sagte, es tue ihr leid, was mir passiert sei, aber ich solle drüberstehen und es den Gründervätern der Nation gleichtun, die sich selbst im Dienst der großen Sache verleugnet hätten.

Ich weiß noch, wie wütend ich war. Warum konnte Nyasha nicht einmal fünf Minuten von ihrem Zorn ablassen, wo ich, ihre Freundin, ihre Schwester, es so sehr nötig hatte, dass sie mich einfach in den Arm nahm? Sie hatte die Hände so voll mit guten Argumenten, offenen Rechnungen und altem Groll, dass kein Platz für irgendetwas anderes blieb.

Wie üblich sagte ich nichts. Ich hatte sie ja lieb und wollte sie nicht hängenlassen, genauso wenig wie die Sache, das Land, die Gründerväter. Und vielleicht hatte ich mir das alles auch nur eingebildet. Vielleicht war ich gar nicht vergewaltigt worden und suchte einfach Vorwände dafür, dass ich selbst so schlecht war.

Ich war müde, und nach einer Nachtschicht zu kochen ist grundsätzlich keine gute Idee. Aber die Frau aus der Apotheke meinte, essen helfe gegen die Übelkeit, die mit der antiretroviralen Therapie einherging. Ich hatte mir das Rezept selbst ausgestellt, das gleiche Rezept, das ich schon so viele Male für so viele Frauen ausgestellt hatte, dass ich es im Schlaf schreiben konnte. Jetzt musste ich also mit dem Kochen vorankommen, aber Nyasha redete und redete und redete immer weiter, erklärte mir, dass der Hass zwischen uns Südafrikanern und dem restlichen Kontinent nur von ihnen komme, von den *Weißen*. Sie hätten uns gegeneinander aufgehetzt, und selbst in Momenten wie diesem dürften wir sie nicht gewinnen lassen. Und während sie immer weiterredete und die Übelkeit immer stärker wurde, befürchtete ich plötzlich, ich könnte die Dosis vertauscht oder sogar etwas vergessen haben. Und sie redete immer noch weiter. Ich hörte sie, dann hörte ich sie plötzlich nicht mehr, und der Kopf tat mir weh. Hör auf, wollte ich rufen. Hör auf, verdammt, hör einfach auf! Ich roch das Hackfleisch, das auf dem Herd schwelte, anbrannte. Es löste Brechreiz bei mir aus, aber ich konnte nicht hin, denn da stand Nyasha, im Weg, und redete und redete. Wenn ich wirklich auf sie eingestochen habe, dann war das keine Absicht. Ich wollte nur, dass sie endlich aufhört.

· · ·

Man glaubt immer, man sieht es kommen, dabei stimmt das gar nicht. Vielleicht ja, weil die Leute gern behaupten, es gewusst, am Tag zuvor einen unheilvollen Traum gehabt oder ein Schaudern verspürt zu haben. Ich glaube das alles nicht. Ich glaube, der Tag, an dem einen der Blitzschlag trifft, ist genau der Tag, an dem man mit einer Nagelwurzel beschäftigt ist, einem kleinen Hautfetzchen, das vom Nagelbett absteht, einem kleinen, saftigen Stück, das man mit den Zähnen gerade so nicht erwischt.

Und dann schaut man zurück, versucht herauszufinden, ob es irgendwelche Zeichen, Stupser gab. Vielleicht gab es die, vielleicht erfindet man sie auch nach und nach dazu, während man an Orten sucht, von denen man weiß, dass man dort gar nicht war, Sofakissen anhebt, unter Steine schaut. Es ist ein sinnloses Unterfangen. Manche Dinge hat man einfach nicht in der Hand.

· · ·

Manchmal vergesse ich es. Dann verliere ich mich in der Baseline eines Songs oder im Duft von Zitronengras. In solchen Momenten bin ich wie jede andere auch. Dann fragt mein Verstand: »Was bist du denn so froh? Vergisst du da nicht gerade etwas?« Und dann suche ich und suche und suche, und plötzlich fällt mir wieder ein, ach, stimmt, ich wurde ja vergewaltigt.

• • •

Wahrscheinlich ist auch ein gewisses Maß an Erleichterung dabei. Früher habe ich mich immer gefragt, was es wohl für mich sein wird – dieser Berg, das Tal, der Schatten, die dunkle Nacht der Seele. Das Schreckliche, das in jedem Leben hinter der nächsten Ecke lauert, das einen unvorbereitet trifft, die eigene Welt in sich zusammenbrechen lässt, einem den Boden unter den Füßen wegzieht. Ma sagte dann immer: »Sei nicht so negativ. So darfst du nicht denken. Dir wird gar nichts passieren. Vertraue auf Gott. Du bist ja paranoid. Sei nicht albern. Kriegst du wieder deine Tage?«

Nach Tshiamos Tod hatte ich nicht mehr so viel Angst. Ich hatte mein Leiden gehabt, ich hatte meinen Schmerzensbecher geleert, an meinem bitteren Bissen Herzschmerz gekaut. Ich dachte mir, Gott würde sich anderen zuwenden, zumindest eine Zeitlang.

Aber Du hast ja einen gewissen Ruf. Also nahm ich mir vor, dass es nicht mein Ende sein würde, wenn das Leiden mich ein weiteres Mal erwischte. Wenn es Leukämie wäre, würde ich einen Bestseller darüber schreiben. Wenn es HIV wäre, würde ich AIDS-Aktivistin. Wenn ich die wahre Liebe fände und er am Tag unserer Hochzeit stürbe, dann würde ich meine einundzwanzig ungenutzten Krankheitstage nehmen, mir drei Wochen lang im Bett das Herz aus dem Leib heulen und anschließend aufstehen und weitermachen. Ist das nicht genau der Weg, es anzugehen? Logisch, rational, vernünftig. Denn selbst wenn ich Dich zu überzeugen versuche, mit Dir verhandele, gibt es doch keine Garantie. Es gibt keine dosisbezogenen Reaktionen: Gebete im Umfang von X führen keineswegs zu Ergebnis Y. Nein, nicht mit Dir, so was gibt es bei Dir nicht. Nach Tshiamo dachte ich, ich würde mich von keinem Verlust mehr niederschmettern lassen. Ich dachte, ich könnte nicht noch mehr Schmerz empfinden, als ich empfand. Und ich hatte es überlebt, was konntest Du mir also noch entgegenschleudern, womit ich nicht fertigwerden würde? Doch als ich dort am Boden lag, in jenem dunklen Gang, während sich das Blut langsam um meine Hose sammelte, konnte ich nur noch an Kaliumchlorid denken, 7,46 % in der 10-ml-, 20 % in der 20-ml-Ampulle und viel zu wenig in der vorgefertigten Lösung, um einen tödlichen Herzstillstand auszulösen.

. . .

Falls überhaupt, hat es mich Demut gelehrt. Ich glaube, ich war ziemlich überheblich. Ich hielt mich für besonders, für immun, für die Ausnahme. Für jemanden, dem solche Dinge nicht passieren. Aber das stimmt nicht. Ich bin nur ein weiterer Fall für die südafrikanische Vergewaltigungsstatistik. An meiner Geschichte ist nichts Besonderes, sie passiert überall, tagtäglich. Es spielt keine Rolle, dass ich hochgebildet bin, dass ich Ärztin bin, dass ich eine Petition aufgesetzt habe, die es bis in die Zeitung geschafft hat.

Ich habe eine Scheide. Nur das zählt.

. . .

Manche behaupten ja, es habe in der Geschichte Zeiten gegeben, als Frauen die Welt regierten. Das sind die gleichen Leute, die behaupten, es habe Zeiten gegeben, als Schwarze die Welt regierten. Überspannter Blödsinn. Schon rein physiologisch ist es unwahrscheinlich, dass Frauen je über Männer geherrscht haben. Körperkraft zählte immer mehr. Das Gewicht eines Mannes auf der Brust, mehrerer Männer, einer nach dem anderen, drückt einem die Luft aus der Lunge. Selbst wenn man den schärferen Verstand hat, kann doch kein Sauerstoff ins Gehirn vordringen, wenn sie auf einem liegen. Das ist unmöglich. Man stelle sich nur mal ein Land vor, das von den Frauen regiert wird, die ich so kenne. Ma, Nyasha, ich. Ma, die sich mit den Schatten erhebt und senkt, Nyasha, die die Geschichte verhöhnt und verflucht, und ich blutiges Etwas. Das wäre doch ein Witz.

. . .

Heute Morgen waren wir wieder bei der Polizei. Sie haben mir die Aussage vorgelegt, die sie ursprünglich aufgenommen hatten, und mir erklärt, sie seien immer noch mit dem Fall beschäftigt. Ich hätte ihnen gern gesagt, dass sie alles ganz falsch aufgeschrieben haben. Dass die Männer nicht gesagt haben: »Wo sind jetzt deine Freunde?« Sondern dass sie gesagt haben: »Wo sind jetzt deine *kwere-kwere*-Freunde?« Ich wollte darauf hinweisen, dass sie mir den Mund gewaltsam aufgedrückt haben, nicht die Augen, und dass mir der Erste seinen Penis in den Mund geschoben hat und ich ihn lutschen musste, weil ich solche Angst hatte. Sie haben auch ausgelassen, dass es sich anfühlte, als würde in mir drin etwas reißen. Ich habe ihnen erzählt, dass der zweite oder dritte Penis in meiner Scheide gescheuert hat wie eine Gabel auf einem Ziegelstein, aber das haben sie nicht aufgeschrieben. Die Aussage, die der Polizist aufgenommen und neu interpretiert hat, steht auf einer herausgerissenen Schulheftseite. Und warum hat er blaue Tinte verwendet und keine schwarze? Im Medizinstudium habe ich gelernt, dass rechtsgültige Dokumente immer mit schwarzer Tinte geschrieben sein müssen.

Ich hätte sie korrigieren sollen. Und ich hätte ihnen sagen sollen, dass ich glaube, einer der Männer könnte der gewesen sein, der immer am Sicherheitsschrank steht und die Schlüssel für die Ärztezimmer verteilt, und der andere womöglich die Stimme aus der Telefonzentrale, diese Stimme, die immer klang, als sähe sie mich vom anderen Ende der Leitung aus, die immer mehr sagen zu wollen schien, es dann aber doch nicht tat, wenn sie mich von der Notaufnahme in den OP oder in die Ambulanz durchstellte. Aber das Polizeirevier stank nach Urin und der Polizist nach Alkohol, und ich wollte Ma nicht noch mehr aufregen. Also habe ich nichts gesagt.

• • •

Der Anwalt, den wir anschließend aufsuchten, hat mich gefragt, warum denn keinem meiner Kollegen an diesem Morgen aufgefallen sei, dass ich anders war. »Inwiefern anders?«, wollte ich wissen.

»Wenn Sie gerade vergewaltigt wurden, Ma'am, dann gehen Sie doch nicht einfach zur Tagesordnung über, und falls doch, muss trotzdem etwas an Ihnen anders sein, es sei denn, Sie sind innerlich tot.«

Vielleicht bin ich ja innerlich tot. Vielleicht bin ich auch einfach nur pragmatisch. Im OP kann man nicht weinen. Man kann seine nichtsterilen Tränen nicht einfach in einen geöffneten Bauchraum tropfen lassen. Und zwischen zwei Behandlungen kann man auch nicht weinen. Die Patienten brauchen Infusionen, Blutuntersuchungsergebnisse müssen beschafft, präoperative Medikamente verschrieben werden. Und wenn man nach Hause kommt, muss man duschen, kochen, essen, lernen und versuchen, früh genug ins Bett zu kommen, um für die Schicht am nächsten Tag ein bisschen vorzuschlafen. Wo ist da noch Gelegenheit zum Weinen? Man weint sonntags in der Kirche, wenn man das Glück hat, den Tag frei zu bekommen. Weinen ist ein Luxus, für den uns schlicht die Zeit fehlt.

»Inwiefern anders? Glauben Sie, ich habe mir das ausgedacht? Warum sollte ich mir so etwas ausdenken? Glauben Sie, ich spinne?«

Ma sagte, ich solle nicht so herumbrüllen. Der Anwalt wolle sich nur einen klareren Eindruck vom Ablauf der Ereignisse verschaffen. Das alles sei für jeden sehr verwirrend, und ich dürfe nicht immer so wütend werden. Niemand wolle mir etwas. Alle versuchten nur zu verstehen, damit sie mir helfen könnten.

. . .

Als Ärztin lernt man, alles Mögliche auszuhalten. Wie man in eine völlig vereiterte Scheide greift, ohne dabei das Gesicht zu verziehen. Wie man einer Mutter in die Augen schaut und ihr eine Lüge über das Kind erzählt, das in ihr stirbt. Wie man sich infiziertes Fruchtwasser sorgfältig aus dem Gesicht wischt, ohne zu würgen. Man lernt, mit schwierigen Menschen umzugehen, mit Verrückten, mit Toten. Man lernt, wach zu bleiben und immer weiter wach zu bleiben. Kritik einfach abzuschütteln und zwischen zwei Obduktionen kurz zu Mittag zu essen. Also dachte ich, während ich dort lag, gut, das ist jetzt schlimm, das ist richtig schlimm, aber es wird nur ein paar Minuten dauern, maximal eine Viertelstunde. Mehr nicht, eine Viertelstunde deines Lebens. Vergiss einfach, dass es passiert ist, lass dich nicht in alle Ewigkeit von einer Viertelstunde deines Lebens verfolgen.

· · ·

Es gibt in diesem Leben nicht viel, bei dem man darauf zählen kann, dass es in alle Ewigkeit da sein wird. Alles vergeht, alle schwinden dahin. Es gibt Höhen und Tiefen, mal ein paar Höhen mehr, aber immer mehr Tiefen. Manche finden das aufregend. Sie verwenden Ausdrücke wie »Abenteuer«. Ich weiß nur, dass ich mich darauf freue, wenn das Ganze einmal endet. Dann, erzählt man mir, kommen wir an einen Ort, wo alles zur Ruhe kommt.

Wo all unsere liebsten Menschen sind, glücklich und in Sicherheit und ganz nah bei uns. Wo wir den berühmtesten Mann der Welt endlich persönlich treffen, der jeden von uns beim Namen und all unsere Geheimnisse kennt, jedes Haar auf unserem Kopf, den Geruch, den wir mit Parfum überdecken wollen, die Narben im Gesicht, die wir hinter Schminke verbergen, den Dreck am Rücken, wo wir nie richtig hinkommen. Und dennoch liebt er uns, sagt Father Joshua. Liebt uns zu Tode.

Wenn man den ganzen Kram bloß irgendwie überspringen und gleich an diesen Ort kommen könnte!

· · ·

Wenn ich Tshiamo dort wiedertreffe, kriegt er als Erstes eine Ohrfeige, bevor ich ihn umarme und küsse. Erst eine Ohrfeige für all den Schmerz, den er uns bereitet hat, weil er so egoistisch und rücksichtslos war. Erst eine Ohrfeige, weil er so feige war, weil er weggelaufen ist, weil er nicht zuerst an uns gedacht, weil er nur sich selbst und seinen Schmerz gesehen hat. Aber dann werde ich ihn umarmen und küssen, denn ich vermisse ihn auch jetzt noch. Ich vermisse ihn immer noch, so, als hätte er erst gestern beschlossen, uns zu verlassen. Ich vermisse ihn, obwohl ich ihn für das hasse, was er getan hat.

· · ·

Tshiamo mochte es nie besonders, wenn ich ihn anfasste. Er ließ nie zu, dass ich seine Hand nahm, ließ mich nie auch nur den Kopf an seine Schulter legen. Da konnte ich noch so müde sein und einen steifen Hals haben. Er sagte, er möge das nicht, ihm werde heiß davon.

Das verletzte mich. Für mich fühlte es sich an, als hätte er mich gar nicht lieb. Ich wollte, dass er mich in den Arm nahm, zumindest meine Hand hielt. Manchmal, wenn wir am späten Freitagabend auf dem Sofa saßen und fernsahen, tat ich so, als würde ich es vergessen, als wäre ich fest eingeschlafen und würde nicht merken, was ich tat. Aber auch dann schob er meinen Kopf noch weg und rückte ein Stück von mir ab. Wahrscheinlich wusste er es. Er wusste, wozu Männer, auch er selbst, fähig sind.

Früher dachte ich immer, es liege vielleicht daran, dass ich nach Blut roch, fischig, nach verdorbenem Blut. Ich konnte kaum abwarten, dass Ma mich endlich Tampons verwenden ließ und ich nicht mehr so stinken würde. Ich dachte mir immer, dass mich Tshiamo vielleicht deshalb nicht so nah bei sich haben wollte.

. . .

Heute Morgen habe ich meinen Mut zusammengenommen, im Labor angerufen und nach meinen Ergebnissen gefragt. Die Frau am Telefon brauchte sehr lange, um meinen Namen im System zu finden. Ich musste ihn zweimal buchstabieren und ihr dann auch noch die Nummer meiner Krankenakte geben. Als sie dann sagte: »Alles in Ordnung«, begriff ich erst gar nicht, was das heißen sollte.

»Alles in Ordnung?«, fragte ich, etwas verärgert, weil sie so leichtfertig mit dem Wort »alles« um sich warf.

Sie wiederholte es noch einmal. »Alles in Ordnung. Alle Werte sind normal. Seronegativ, also kein HIV, *sisi*.«

Sie klang abgehetzt. Wahrscheinlich war ich heute schon die x-te besorgte Klinikärztin, die sie anrief, und sie glaubte sicher, auch bei mir wäre es nur eine Nadelstichverletzung. Aber trotzdem. Es gab keinen Grund, ruppig zu sein.

»Hallo? Hallo? Sind Sie noch dran?«

»Ja.«

»Alles in Ordnung. Sie sind negativ. Keinerlei Serokonversionen.«

»Gut, danke.«

»Aber passen Sie beim nächsten Mal besser auf. Dieses Jahr hatten wir schon ein, zwei Fälle, die positiv waren. Ihr Ärzte müsst einfach vorsichtiger sein.«

Dann legte sie auf.

. . .

Acht Wochen heute, auf den Tag genau. Acht Wochen, auf den Tag genau.

. . .

Ich habe keinen Kampfgeist mehr in mir. Ich habe mich der Physik und der Chemie und den Molekülen der unerhörten Gebete, die über und um meinen Kopf schwirren, vollständig ergeben. Ich will nichts mehr und habe akzeptiert, dass auch mich nichts mehr will. Ich warte weder noch hoffe ich. Ich zweifle weder noch blicke ich voraus. Ich bin einfach nur.

. . .

Hier zu Hause sind die Morgen viel ruhiger, ganz anders als im Krankenhaus. Hier wird nicht gesungen. Ma ist welk geworden, als Tshiamo starb, wie Spinat bei leichter Hitze. Sie bewegt sich lautlos, taucht aus dem Nichts auf, sitzt stundenlang allein im Dunkeln. Hier gibt es kein Morgengebet, kein großes Amen. Das Haus riecht nach nichts. Kein Industrieputzmittel, um den Boden zu säubern, keine Waschbecken mit dem Schaum der parfümierten Seife darin, die die Angehörigen bei ihren Besuchen mitbringen, keine Klingel, die sie wieder nach Hause scheucht. Hier ist gar nichts.

. . .

Es fehlt mir.

. . .

Ich hätte nie gedacht, dass ich einmal so empfinden würde. Dass es mir tatsächlich fehlen würde. Also, das Krankenhaus. Vielleicht fehlt es mir ja, mich so konkret nützlich zu machen, wenn auch auf denkbar nutzlose Weise. Vielleicht fehlt es mir auch, Menschen anzufassen. Zehn-, zwölf-, zwanzigmal am Tag einen Puls zu fühlen. Einen schwachen Puls, einen rasenden Puls, einen hämmernden Puls, einen schwindenden Puls, morgens, mittags, abends. Vielleicht sind es auch die Gerüche: Geburt, Tod, Seife, Stuhlgang, Kaffee, Alkohol, immer und immer wieder. Das ist das Realste, was ich kenne. Das einzig Reale.

. . .

Wir hatten die letzten paar Wochen ziemlich wenig Geld – wir haben die Stromrechnung nicht bezahlt. Ich habe gegoogelt, wie lange es dauert, bis sie ihn abdrehen, denn der Zugriff auf solche Informationen ist mir noch geblieben. Ich fühle mich schlecht dabei, Dich um Hilfe zu bitten, o Herr, denn ich habe ja Arbeit, ich könnte Geld verdienen.

Ich habe nur einfach zu große Angst, wieder hinzugehen.

Nach fünf Tagen Trauerauszeit bekam ich eine

Mail mit der Warnung, dass bei weiterer Abwesenheit kein Gehalt mehr gezahlt würde. Ein paar Wochen später rief eine Frau aus der Personalabteilung an, um zu fragen, wo ich steckte.

»Ist ihr klar, dass sie ihr Praktikum innerhalb von drei Jahren nach dem Abschluss beenden muss? Wenn sie nicht wieder zur Arbeit kommt, muss sie die Prüfungen des letzten Studienjahrs noch einmal schreiben.«

Ich hörte Ma ins Telefon brüllen: »Was sind Sie eigentlich für ein Mensch? Haben Sie irgendeine Ahnung, was sie durchgemacht hat?« Ma besteht darauf, dass ich erst wieder hingehen soll, wenn ich so weit bin. Sie sagt, es sei uns egal, ob sie mein Gehalt weiterzahlen.

Natürlich ist uns das nicht egal.

· · ·

Eigentlich dachte ich, die ganzen Probleme wären draußen geblieben: das Krankenhaus, die Schwestern, die Krankenhausleitung, die Verwaltungsangestellten, das Labor, die Blutbank, die Pförtner, die Wachleute, die Ernährungsberaterin, die Physiotherapeutin, die Überstunden, die Chefärzte, die faulen Assistenzärzte und -ärztinnen, die Katzen, das Reinigungspersonal, die Mäuse, die Allgemeinheit, der Abgeordnete, der Minister, die Regierung, der Präsident, das Land, die Welt. Ich dachte, wenn ich mich einfach hier verstecken könnte, käme ich schon zurecht. Aber irgendwie sind mir die Probleme wohl nach Hause gefolgt, an den Ort, an dem ich aufgewachsen bin, sie haben sich einen Weg in das Zimmer gebahnt, das ich mit Tshiamo geteilt habe, als wir noch klein waren und ich noch nicht wusste, dass er ein Junge ist und ich ein Mädchen.

· · ·

»Chaba, willst du diese Schweine wirklich gewinnen lassen?« Das würde Nyasha jetzt sagen. »Steh auf, wasch dir das Gesicht, und dann machen wir weiter mit unserem Leben.« Vielleicht auch: »Chaba, wann hast du das letzte Mal gebadet? Du stinkst! Los, steh auf, dann suchen wir diese Dreckskerle und machen sie fertig.« Oder: »Chaba, du musst den Spieß umdrehen. Sei nicht das Opfer, sei die Stärkere!« Oder irgendwelchen bescheuerten Unsinn in der Art. Du weißt ja, wie Nyasha ist, o Herr. Das ist alles, was sie kann. Reden, reden, reden. Wo ist sie jetzt?

Wenn sie nicht wäre, dann wäre nichts von alledem überhaupt passiert.

· · ·

Heute Morgen hat Ma mich gefragt, ob ich mit ihr ins Hillside Shopping Centre fahre. Im Kühlschrank war nichts mehr zu essen, wir hatten beide kein Geld im Portemonnaie, aber immerhin war noch Benzin im Tank. Ich glaube, sie wollte einfach schauen, was wir mit dem Geld, das wir nicht hatten, kaufen könnten.

Als wir die Mall betraten, fanden wir einen 200-Rand-Schein auf dem Boden. Ich sah die *Weiße*, die vor uns ging, in ihrer Handtasche kramen, bestimmt war er ihr heruntergefallen. Aber Ma hob ihn so schnell auf und steckte ihn ein, dass ich kein Wort herausbrachte.

Ich wusste, Ma hatte die *Weiße* auch gesehen. Ich wusste, dass sie es wusste. Also lächelte ich nur und nickte, als sie sagte: »Heute ist unser Glückstag!« Ma glaubt nicht an Glück. Nur Heiden glauben an Glück. Ma glaubt an Gott, an die *badimo*, die Geister der Ahnen, an Segnungen und Wunder.

Ich habe Schuldgefühle, weil ich uns so weit gebracht habe, dass Ma – meine kirchentreue, ahnenfürchtige, bibelzitierfreudige Ma – zum Stehlen gezwungen ist.

Ich muss wieder arbeiten gehen.

• • •

Aber was, wenn ich alles vergessen habe? Was, wenn mich jemand fragt, wer ich bin? Was, wenn sie wissen wollen, wo ich gewesen bin? Was, wenn jemand einen Herzstillstand hat und ich etwas tun muss? Was, wenn ich mich nicht bewegen, wenn ich nichts sagen, nicht denken kann? Was, wenn ich anfange zu bluten? Was, wenn die Männer erfahren, dass ich wieder da bin, und zurückkommen?

Was, wenn ich meine zweite Chance verpatze?

. . .

Es ist fünf Uhr früh.

Jetzt wachen die Nachtschwestern gerade auf, schalten das Licht an und die Heizung aus. Räumen die Stühle zusammen, die sie als Bett benutzt haben. Die Patienten und Patientinnen regen sich. In den Taschen der Ärztinnen und Ärzte – der jungen, naiven, die geglaubt haben, bei einer freitäglichen Nachtschicht so viel Gelegenheit zum Schlafen zu bekommen, dass sie sich einen Wecker stellen müssen – gehen die Handy-Wecker los. Mütter, die in der Nacht entbunden haben, werden nach unten auf die Zwischenstation gebracht, damit ihre blutverschmierten Laken für die nächste Ladung werdender Mütter gereinigt werden können, die schon beklommen auf den Bänken warten, während ihre Babys von drinnen nach draußen drängen. Die Aktivitäten der Nacht werden statistisch erfasst, bewertet, abgeändert. Die Leichen derjenigen, die im Lauf der Nacht entschwunden sind, werden in Plastik gepackt. Die Träger balgen sich um die Bahren, damit sie sie in die Leichenhalle bringen können, ehe die Oberschwestern und die Fachärzte zur Morgen-

visite erscheinen. Der Wachmann am Tor pfeift vor
sich hin.

Ein neuer Tag hat begonnen.

· · ·

Ich kann hier nicht ewig rumliegen. Ich muss aufstehen und das hinter mir lassen. Es ist vorbei. Es hat
keinen Sinn, weiter darauf herumzukauen.

TEIL 4

Du bist ja der HERR; ich weiß von keinem Gute außer dir.

Psalm 16,2

Ich spürte ein Klopfen im Bauch, als wäre mein Herz so müde geworden, dass es bis in die Tiefen meines Brustkorbs gesunken ist. Aber dann hat sich herausgestellt, dass die sporadischen Schläge, die ich spürte, von einem anderen Körper stammen, einem kleinen Baby, das dort im Dunkeln lebt, wächst, gedeiht.

. . .

Nach der Vergewaltigung waren meine Blutungen völlig durcheinander, so wie immer. Wahrscheinlich waren es eher Schmierblutungen als richtige. Aber was kümmerten mich zu der Zeit ein paar Vaginalblutungen? Das hatte ich schließlich alles schon erlebt. Und ich hatte wirklich Wichtigeres zu tun. Ich war gerade vergewaltigt worden. Wer hätte in diesen ersten paar Wochen sagen können, ob es an der antiretroviralen Therapie oder an den Neuroleptika lag, dass ich mich so oft erbrechen musste?

Keiner wagte, mich aus dem Bett zu scheuchen. Und ich habe die Antriebslosigkeit, den mangelnden Appetit, den Würgreiz beim bloßen Anblick von Jungle Oats nicht weiter beachtet. Was spielte das für eine Rolle? Was spielte überhaupt eine Rolle? Ich wollte nur noch tot sein.

Ich bin Ärztin. Ich hätte darauf kommen, vermuten, sogar damit rechnen müssen, dass ich ein Kind erwartete. Aber nein. Ich wäre nie darauf gekommen, dass Du so grausam sein kannst.

Ich habe nicht daran gedacht, dass ich schwanger sein könnte, bis sie sich wie ein Herzschlag in meinem Bauch bewegte.

· · ·

Wahrscheinlich war eine Schwangerschaft für mich gar nicht denkbar gewesen, nach all den Eingriffen, die ich gehabt hatte, um meine wild gewordene Gebärmutter zu besänftigen. Einmal hat mir ein entrüsteter Arzt, der gar nicht fassen konnte, dass ich so jung schon eine Endometriumablation bekommen hatte, sogar erklärt, es sei ebenso unwahrscheinlich wie gefährlich für mich, schwanger zu werden.

Deshalb habe ich es auch nicht geglaubt, als ich sie beim ersten Ultraschall auf dem Bildschirm sah – ihr Herzschlag bei 140 pro Minute, ihr Körper perfekt geformt, den Daumen im Mund. Ich habe der Ultraschallärztin nicht geglaubt und auch nicht ihrer Studentin, die von einem Ohr zum anderen strahlte und mir gratulieren, mich umarmen wollte.

Ein *Baby*? Ich bekam ein Baby?

Ich merkte Ma an, dass sie es genauso wenig glauben konnte, weil sie den ganzen Heimweg über kein Wort sagte. Sie hatten uns ein Ultraschallfoto mitgegeben und Kärtchen mit Terminen für alle möglichen Untersuchungen, doch die blieben während der kommenden Wochen erst einmal unberührt auf dem Armaturenbrett im Auto liegen, wo wir sie auf jener ersten Fahrt zurück vom Krankenhaus deponiert hatten.

. . .

Unsere Krankenversicherung war wegen der Zahlungsrückstände ausgesetzt worden, darum musste ich im Amogelang Regional Hospital entbinden. Natürlich war ich starr vor Angst. Ich rechnete mit dem Schlimmsten: einem großen Schluck von der bitteren Medizin, die ich selbst verteilt hatte. Stattdessen kam ich in die Obhut eines gütigen Mannes mit gütigem Herzen. Er stellte sich als Dr. Haffejee vor und sah aus wie ein Engel Gottes, wie er da in seinem weißen wallenden Thawb an meinem Bett saß und meine Krankengeschichte aufnahm. Als ich ihm gestand, dass ich erst im sechsten Monat zur Vorsorgeuntersuchung gegangen war, hob er ganz leicht eine Braue.

Ich erklärte ihm, ich hätte nichts gewusst, nichts geahnt, es nicht einmal für möglich gehalten, weil ich doch so viel geblutet und als Teenager eine Endometriumablation gehabt hätte. Er legte mir seine sanfte Hand auf den Arm und sagte, es sei nicht schlimm. Das war so tröstlich, dass ich weinen musste.

Ich erklärte ihm, das Baby sei unter Ausübung

sexueller Gewalt gezeugt worden, ich sei im Dienst gewesen, als es passierte, und hätte niemandem davon erzählt, weil ich zu viel Angst gehabt hätte, nur meiner Mitbewohnerin, auf die ich anschließend eingestochen hätte. Deshalb habe man mich auf Neuroleptika und Antidepressiva gesetzt. Ich erklärte ihm, die Postexpositionsprophylaxe hätte ich mir selbst verschrieben, unter Verwendung einer Seite aus einer Krankenakte, die ich später, nachdem ich die Medikamente bekommen hatte, herausgerissen hätte. Ich konnte mich nicht mehr erinnern, ob ich die Pille danach genommen, ob ich sie mir überhaupt verschrieben oder es vergessen oder sie vielleicht auch eingenommen und kurz darauf wieder erbrochen oder ob ich sie genommen und sie einfach nur nicht gewirkt hatte. Dafür war ich in den ersten paar Tagen einfach zu angegriffen gewesen, geistig wie körperlich. Ich konnte mich an so wenig erinnern. So vieles ergab bis heute keinen Sinn, und überhaupt, wie konnte das eigentlich sein, ohne Gebärmutterschleimhaut?

Er meinte, ich dürfe nicht so hart zu mir sein, mir keine Vorwürfe machen. Als Ärzte seien wir nicht dafür ausgebildet, für uns selbst zu sorgen, sondern nur für andere. Bei mir habe das System in jener Nacht versagt. Jemand hätte etwas merken müssen. Jemandem hätte auffallen müssen, dass mit mir etwas nicht stimmte.

Er sagte, Blutungen zu Beginn einer Schwangerschaft seien auch bei einer ganz normalen, gesunden Gebärmutter nichts Ungewöhnliches, bei meiner Vorgeschichte mit der Endometriumablation hätte ich allerdings ein sehr viel höheres Risiko für wiederkehrende Blutungen während der Schwangerschaft und könne von Glück sagen, dass ich es so weit geschafft hätte.

Ich war mir nicht sicher, ob ich das Wort »Glück« hier angebracht fand, aber er war ein so netter, ein so gottgefälliger Mann, da wollte ich ihn nicht mit meiner ambivalenten Haltung dem neuen Leben gegenüber beunruhigen, das ich in nicht einmal vierundzwanzig Stunden zur Welt bringen sollte.

Er erklärte mir, sie müssten das Baby per Kaiserschnitt vorzeitig holen, weil sonst die Gefahr einer Gebärmutterruptur bestehe. Ich sei noch für denselben Abend auf die OP-Liste gesetzt worden. In Kürze werde eine Schwester kommen und mich für den Eingriff vorbereiten, ich solle mich jetzt einfach nur ausruhen und entspannen und alles weitere ihnen überlassen.

Ich kann mich nicht erinnern, etwas gespürt zu haben. Weder im Körper noch im Herzen. Alles war taub – meine Zehen, meine Beine, meine Seele. Als die Schwester sie mir reichte, hatte ich Angst, ihr ins Gesicht zu sehen. Was, wenn es dem Gesicht dessen glich, der mir in die Zunge gebissen hatte, oder dessen, der gelacht hatte, als ich zu weinen anfing…?

Aber dann glich sie gar nichts, sie war wie ein unbeschriebenes Blatt, ein neuer Anfang. Mein neuer Anfang.

. . .

Ich war froh, dass sie helle Haut hatte. Zumindest das hatte Gott ihr geschenkt. Zu allem Überfluss (ein Kind der Gewalt) auch noch dunkel zu sein, das wäre wirklich zu viel gewesen.

Aber Ma musste uns auch das nehmen. Sie konnte einfach nicht schweigen und sich an ihrem unerwartet hellen Teint freuen.

»Man sieht an den Ohren, dass sie schwarz wie die Nacht werden wird. Die Ohren verraten immer den wahren Hautton. Das Helle hält nicht an.«

. . .

Ich fragte mich, welcher der drei wohl ihr Vater war. Der, der schon ejakulierte, bevor er seinen Penis einführen konnte, der, der gerufen hat: »Wo sind jetzt deine *kwere-kwere*-Freunde?« Oder vielleicht der, dessen Bauch unter dem gestreiften T-Shirt gespannt hat?

Oder waren sie es alle? Ist das möglich? Können sie alle zusammen ihr Vater sein?

Ist es möglich, dass sich etwas von dem Guten

in ihnen (denn wir alle müssen doch etwas Gutes in uns haben?) zusammengetan hat und sie entstehen ließ, trotz ihrer bösen Absichten, ihrer bösen Absichten zum Trotz, um ihren bösen Absichten zu trotzen?

Ist das möglich?

. . .

»Sorg dich nicht«, sagte ich zu ihr. »Mach dir um gar nichts Sorgen.« Ich habe mich mein Leben lang gesorgt. Im ersten Schuljahr hatte ich Sorge, ich würde niemals lesen lernen. Dann hatte ich Sorge, ich würde niemals Freunde finden. Und später hatte ich Sorge, ich würde verbluten. Kein Tag verging, ohne dass ich mir Sorgen machte. Würde ich jemals Autofahren lernen? Würde ich mich jemals verlieben? Würde mich jemals ein Mann lieben? Würde ich jemals wieder glücklich sein?

Und als die Hebamme mich fragte, ob ich meinem Baby irgendetwas sagen wolle, bevor sie es auf die Frühchenstation brächten, da sagte ich: »Sorg dich nicht. Mach dir um gar nichts Sorgen.«

. . .

Werde ich ihr je von ihrem Vater, ihren Vätern erzählen? Ich weiß es nicht. Wie soll ich ihr die Gewalt erklären? Dass sie aus Gewalt geboren und trotzdem gewollt ist? Dass sie zugleich das Schlimmste und das Beste ist, was mir im Leben passiert ist? Dass ich wegen ihrer Zeugung sterben wollte, ihr Leben mich aber gezwungen hat weiterzuleben?

. . .

Ich habe sie Mpho genannt, weil sie genau das ist, weil es nicht ihre Schuld ist, weil sie es nicht verdient hat, dass dieser Makel auf ihrer Zukunft liegt, weil ich niemandem erlauben werde, ihr – oder mir – etwas anderes zu erzählen. Sie ist meine Mpho, meine Gabe.

. . .

Ich hätte Mpho gern mit Nyasha bekannt gemacht. Sie ist eine Kämpferin, so wie Nyasha. Aber seit ich in Mutterschaftsurlaub gegangen bin, haben Nyasha und ich kein Wort mehr miteinander gesprochen. Ma hat sie nicht zur Babyparty eingeladen. Und nach der Geburt, na ja, da war ich einfach beschäftigt, die ganze Zeit einfach nur beschäftigt. Wahrscheinlich erwartete ich von ihr, dass sie anruft, zumindest eine SMS schreibt. Ich war nicht sauer. Mir war klar, dass die Leute nicht recht wussten, wie sie reagieren, ob sie mir gratulieren oder kondolieren sollten. Und dann ging die Zeit einfach vorbei, zementierte den Spalt, der sich längst zwischen uns im Boden aufgetan hatte.

Als ich nach dem Mutterschaftsurlaub wieder arbeiten ging, erzählte mir Schwester Agnes, Nyasha sei nach Kanada gezogen. Nach den Prüfungen sei sie zu einer Agentur gegangen und arbeite dort jetzt als Vertretungsärztin. Das Gehalt sei gut, und sie habe Aussicht auf eine Vollzeitstelle, wenn sie einige Zeit im Krankenhaus verbracht hätte.

»*Kanada?*«

»Sie wissen ja, *mos*, wie schwer diese Ausländer es hier in Südafrika haben, Doktor. Ich glaube, dieser ganze Unsinn mit der Fremdenfeindlichkeit geht vielen von ihnen an die Nieren. Hat sie es Ihnen denn nicht erzählt?«

Ich konnte nicht verbergen, wie gekränkt ich war, und Schwester Agnes sah es. Ein ganz anderes Land, und ohne jeden Abschied? Schwester Agnes meinte, ich solle nicht so streng mit ihr sein, wir wüssten doch alle, wie schwer es für Ärzte aus dem Ausland sei, eine Stelle zu finden, und vielleicht sei sie es ja leid gewesen, sich ständig von den Südafrikanern vorwerfen zu lassen, dass sie ihnen ihre Arbeit wegnahm.

»Sie wissen ja, *mos*, wie es ist, Doktor.«

»Kanada?«

»Sie hatte es sicher nur eilig, Doktor. Sie wird Sie bestimmt anrufen. Umzüge sind immer so hektisch, *yoh*. Und dann auch noch nach Übersee! Ich weiß noch, als ich damals nach Saudi-Arabien zog, da habe ich in all der Aufregung meinen Sohn zwei Wochen lang nicht angerufen. Meinen einzigen

Sohn! Zwei Wochen, und ich habe nicht ein Mal angerufen.«

»Aber … Kanada?«

»Sie ruft bestimmt an, Doktor.«

Nyasha ist unfassbar. Da geht sie nach allem einfach so, ohne sich zu verabschieden? Und nicht nur nach Nigeria oder Kenia oder auch zurück nach Hause, nach Simbabwe. Sondern an einen wir-losen Ort, wo sie einfach in der Braindrain-Statistik verschwindet und ein namenloses Leben führen wird. Kanada? Über Kanada weiß ich nur, dass es dort furchtbar kalt ist und den Kindern die Wimpern gefrieren, wenn sie draußen auf den Schulbus warten.

Warum hat sie nicht einfach eine Pause gemacht, wenn sie müde war? Urlaub in Kanada und danach hierher zurück? Und wenn sie Angst hatte, warum ist sie dann nicht einfach ein paar Tage oder auch ein paar Wochen zu Hause geblieben? Sie hätte unbezahlten Urlaub nehmen können. Wir wissen doch alle, dass sich das mit der Fremdenfeindlichkeit von selbst erledigen wird. Das bleibt nicht. Sicher, von Zeit zu Zeit gibt es noch den ein oder anderen Vorfall, aber es geht eindeutig zurück. Alles wird besser.

Kanada?

Was findet man an einem Ort, wo die Menschen nicht leiden, sich nicht quälen, sich nicht fürchten, nicht klagen, nicht sterben und verfaulen? Was redet man mit Leuten, die saubere Fingernägel haben und nachts, wenn sie schlafen gehen, die Haustür nicht abschließen? Was fängt man an mit so viel Sterilität?

Als ich Ma erzählte, wie Nyasha verschwunden ist, und wie müde es mich macht, dass die Leute mich ständig verlassen, dass alle mich verlassen, dass mich keiner genug lieb hat, um zu bleiben, da rief Ma: »Kanada? *Aborehwaa*! Lass ihr doch ihr Kanada! Die verdienen sich gegenseitig!«

Dann fingen die Nyasha-Geschichten an. Auf der Arbeit wollte mir jeder von ihr erzählen. Wenn sie nicht gerade in Kanada war, dann war sie nach Groß-britannien gezogen, um bei ihrer Mutter zu sein. Selbst die Krankenträger hatten etwas zu Nyashas Abgang zu sagen. Als hätte sie Zeit gefunden, sich von allen zu verabschieden, nur nicht von mir.

»Diese Ärztin, Nyasha, die war ja schon fast fertig mit ihrer Spezialisierung, aber dann kam das Ange-bot, und sie hat sich entschlossen, es zu nutzen. Sie wissen ja, wie die Ausländer sind, Doktor. Die haben kein Problem damit, noch mal ganz von vorne anzu-fangen, solange es sie nur weiterbringt. Die fangen immer wieder ganz von vorne an, das macht denen gar nichts aus. Solange es sie nur weiterbringt. Wie Doktor Ogu, *ne*? Wussten Sie, dass er in seinem Land sogar Professor war? Was glauben Sie, woher er seine Knochenmarkaspirationen so schnell durch-führen kann? Diese Ausländer sind nicht wie unsere Kinder. *Yoh*, Doktor, unsere Kinder warten einfach nur auf die nächste staatliche Zuwendung. Eine Geschäftsidee nach der nächsten, von Montag bis Sonntag gehen sie abends aus und trinken und nennen es Networken. Sie fahren dicke Autos, man weiß ja gar nicht, wo sie das ganze Geld herhaben. Wissen Sie, Doktor, wenn wir in den nächsten zehn Jahren zu hören kriegen, dass ein Nigerianer Präsident des African National Congress wird, dann wundert mich das kein bisschen. Wir Südafrikaner, wir sitzen doch einfach nur herum und drehen Däumchen! Ah! *Wena*, Sie werden schon sehen.«

· · ·

Selbst, als Nyasha längst aus meinem Leben gegangen, ins Flugzeug gestiegen und einfach verschwunden war, als hätte es uns nie gegeben, träumte ich noch von ihr, glaubte, sie in einer Mall zu sehen, auf einem Parkplatz, im Verkehrsstau. Ich frage mich, was sie wohl sagen würde, wenn sie mich jetzt sehen könnte, als Mutter. Manchmal wünsche ich mir immer noch ihre Anerkennung, für meine Kleidung, meine Pläne, meine Träume.

Aber Nyasha hatte mich nie wirklich lieb. Nicht so wie ich sie. Für jemanden von ihrem Kaliber war ich immer zu südafrikanisch, zu christlich, zu verwestlicht, zu gehirngewaschen, zu schwach, zu ängstlich.

· · ·

Manchmal denke ich, es wäre besser für Mpho gewesen, wenn sie im Bauch geblieben wäre. Da drinnen konnte sie herumtrudeln und Purzelbäume schlagen, sich die Finger lecken und sich die Augen reiben und musste sich nicht um Versagen, Krankheit, Enttäuschung, Herzschmerz, Einsamkeit und unerhörte Gebete sorgen. Da drinnen war sie in Sicherheit und ganz und gar geschützt.

Aber sie musste ja raus. Selbst dieser sichere Ort hätte sich nach neun Monaten gegen sie gewendet, wäre zum harten, feindlichen Fels geworden. Sie musste raus, wie wir alle. Sich dem stellen, dem wir uns alle stellen müssen.

• • •

Manchmal, auf der Arbeit, nimmt jemand, der davon gehört hat, allen Mut zusammen und fragt mich, wie ich mit dem zurechtkomme, was passiert ist. Manche wollen wirklich teilnahmsvoll sein, andere versuchen nur, ihre eigenen Ängste zur Ruhe zu bringen. Sie fragen mich beispielsweise, warum mir die Wachleute in jener Nacht nicht zu Hilfe gekommen sind und ob ich glaube, der Angriff habe etwas mit der Petition zu tun, die ich in Umlauf gebracht hätte. Sie sorgen sich nicht um mich, sondern um sich selbst. Sie wollen sich vergewissern, dass an mir – an meiner Geschichte, an meinen schlechten Entscheidungen – etwas Einzigartiges ist, das mich in diese Lage gebracht hat. Sie wollen, dass ich sie beruhige. »Nein, das war alles meine Schuld«, das wollen sie hören, um sich vor dem gleichen Schicksal sicher zu fühlen.

Ich selbst habe mich ein bisschen weiterentwickelt: Ich kann ihre Ängste nachfühlen, also erzähle ich ihnen die Lügen, die sie hören wollen, damit sie mich wieder in Ruhe lassen. Damit ich nach Hause gehen und bei meiner Mpho sein kann.

Sie ist so wunderschön, meine Mpho. Manchmal ertappe ich mich dabei, dass mir ganze Stunden verloren gehen, weil ich sie die ganze Zeit einfach nur anschauen muss. Sie einfach nur anschauen, ohne jeden Grund, außer, dass sie so schmerzlich schön ist. Diese großen, liebevollen, nachsichtigen, glänzend schwarzen Augen. Dieses zahnlose Lächeln. Ich glaube nicht, dass ich im Leben schon einmal etwas wie sie erlebt habe.

Ich schreibe nicht einmal mehr so viel Tagebuch wie früher. Wahrscheinlich brauche ich das nicht mehr. Zum ersten Mal in meinem Leben ist mein Herz ruhig.

Ich habe Ma gefragt, wie etwas so Vollkommenes, so Prächtiges aus so viel Dunkelheit entstehen kann. Ma meint, Mpho sei eben wie eine dieser Blumen, dieser Nachtblumen, die erst erblühen, wenn die Sonne schon längst vergessen ist, so wie die Nachtkerze mit all ihren heilenden Kräften.

Ma kann wirklich nerven, aber manchmal sagt sie auch die schönsten Dinge.

. . .

Heute gehe ich mit Mpho zum Impfen. Am Morgen ist sie strahlend aufgewacht, hat gelacht und gegluckst. Als ich ihr vorgesungen habe, hat sie freudig mit Ärmchen und Beinchen gestrampelt. Sie ist ganz frei von allen Sorgen. Und doch habe ich sie den Morgen über mit schwerem Herzen herumgetragen, aus Angst vor dem Schmerz, den ihr die Schwester später zufügen wird. Ein notwendiger Schmerz. Einer, der sie retten, sie schützen, ihr künftiges Leid ersparen soll. Eines Tages wird sie mir dafür dankbar sein. Aber trotzdem fühle ich mich schlecht deswegen. Keine Mutter kann einfach zusehen, wie ihrem Kind wehgetan wird. Während sie fröhlich nach den kleinen Geschöpfen schlägt, die von ihrem Spielbogen hängen, packe ich ihre Wickeltasche für den Besuch in der Klinik. Ich kleide mich entsprechend. Die Knöpfe meiner Bluse lassen sich leicht öffnen, damit ich sie nach den Spritzen gleich stillen und beruhigen kann. Ich packe auch eine Garnitur Kleider zum Wechseln ein, falls sie, wie beim letzten Mal, so heftig brüllt, dass ihr das Frühstück wieder hochkommt.

Wenn ich ihr erklären würde, was ihr bevorsteht, würde sie das nicht verstehen. Sie ist noch zu klein, und was würde das auch bringen? Es muss ja gemacht, die Spritze muss verabreicht werden. Warum sollte ich ihr mit belastenden Informationen den Morgen verderben, wenn ich doch bei ihr bin und sie gleich trösten kann, wenn alles vorbei ist?

Die Originalausgabe erschien 2016
unter dem Titel »Period Pain« bei Jacanda Media (Pty) Ltd,
Johannesburg.

Sollte diese Publikation Links auf Webseiten Dritter enthalten,
so übernehmen wir für deren Inhalte keine Haftung,
da wir uns diese nicht zu eigen machen, sondern lediglich auf
deren Stand zum Zeitpunkt der Erstveröffentlichung verweisen.

Verlagsgruppe Random House FSC® N001967

1. Auflage
Deutsche Erstveröffentlichung August 2019
by btb Verlag in der Verlagsgruppe Random House GmbH,
Neumarkter Str. 28, 81673 München
Copyright der Originalausgabe © 2016 by Kopano Matlwa
By Agreement with Pontas Literary & Film Agency
Umschlaggestaltung: semper smile, München
Umschlagmotiv: © Shutterstock/pernsanitfoto
Satz: Uhl + Massopust, Aalen
Druck und Einband: CPI books GmbH, Leck
Printed in Germany
ISBN 978-3-442-75780-0

www.btb-verlag.de
www.facebook.com/btbverlag